瀬戸内寂聴

# 命日《めいにち》

## 六つの愛の物語

講談社

# 目次

装画　中村眞弥子
ブックデザイン　鈴木成一デザイン室

# 命日

六つの愛の物語

# 見るな

胸の辺りに強い圧迫を感じて目が覚めた。

夢を見ていた。九十七歳という年齢に似合わず、今でも眠りが深く、夢などほとんど見なくなっている。

今の夢は、目が覚めても濃く頭に残っていた。別れてから数十年になり、その間、ただの一度も逢っていない涼太が、夢の中で、ありありと笑いかけていた。言葉をかけたそうな表情をしたまま、口はつむって、目だけで心を伝えようとしていた。あの頃の涼太の、私を見る時の表情だった。

――何年になるだろう……全く逢わなくなってから――

私は胸の中で、独り言を嚙みしめながらつぶやいていた。朝も昼も夜も、夢の中でも、ずっと涼太独りを想いつづけていた歳月は、なつかしいというより、ひたすら切なかった。

私は人妻であり、二歳の女の子をつれ、夫と三人、着のみ着のままで、北京から引揚げてきたものだった。すっかり空襲で焼きつくされた故里《ふるさと》の町は、全く見覚えのない町のように、そっけない表情をしていた。山も川も昔のままにそこにあったが、戦前のものと同一とは思えなかった。

母が防空壕の中で逃げ出さず、たまたま見舞いに来ていた母の里の祖父と二人、防空壕の中で焼け死んだと聞かされても、一度も防空壕に入ったことのない私には、実感が湧かなかった。

町内の人々を全員、眉山の避難所の寺へ避難させた時、母と祖父が居ないのに気がついた父は、夢中で、わが家の防空壕に戻った。すでに煙で目があけられなくなった壕の入口で、

「何しとる！　早よう出て来い！」

と、母の手を捕ろうとした父の掌を、母はびしっと叩き、

「もう、厭になった。お父さん！　孫たちを頼みます、有難うございました。さようなら」

と言い捨てると、父の胸を突き、身をひるがえして煙の中に駈けこんだという。

終戦になって最後の引揚船で帰ってきて、はじめて知った母の焼死の実情だった。母と祖父を助けられなかった父は、終戦後まで、町内の人々から非難されつづけていた。

気位の高い父にとって、町内の人々の非難がどんなにこたえていたことだろう。

住みこみの弟子たちもみんな生家へ帰し、姉一人に支えられて、結核と、がんに冒されてしまった。

父の弟子の中で一番気に入っていた者を、姉の夫に迎え結婚させたものの、彼は戦地に取られ、シベリアに抑留され、葉書が二枚来ただけで、一向に帰らな

かった。

「あんな阿呆と思わんかった。男なら、背中に鉄砲の玉をどれほど受けても、妻子のところへ帰ろうと、逃げだすもんだ。見損った！」

と、ぐちってばかりいた。

そこへ私たち親子三人が、新しい居候として割りこんできたから、父の心は安まる閑もなかった。

子供たちに結核を感染させてはならぬと、隠居所を別に建て、そこに独り住みはじめていた。

夫の実家も焼失し、老夫に先だたれた姑がひとり、愛媛県の女学校の校長をしている長男の家に移り住んでいた。

早く私たちの、居候でない住家が欲しいとせがむので、夫は東京へ出かけ、その家を探すことになった。その頃、夫が北京へ渡る前、一年余り中学校で漢文を教えていた学生たちが、訪ねてくるようになった。数人の仲間でやってくる彼等と、私は文学塾を開き、お互い文章を書く仲間になっていった。

その中の一人の涼太に、私は余期しない恋を抱いてしまった。涼太にすすめられて、太宰や、安吾を読む時、長い巡礼の途中で冷い水を恵まれたような快楽に、うっとりとなった。私は一体、北京の結婚生活で何をしていたのだろう、社交家で快活な夫は、いつでも人に囲まれていることが好きで、王府井《ワンフウチン》という銀座のような通りに近い路地の奥のマンションの一室には、いつでも誰かが訪ねてきており、私は唯一覚えた中国式の麺を打ったり、餃子を作ったりするのであった。バケツ一杯麺を打って、客にほめられるのを、夫が得意気にすれば、それでよいとなぜ思いこんでいたのだろう。中国古代音楽史の研究のため、外務省の留学生として北京へ渡り、期限を延ばし、北京に留まっていた夫は、結婚以来、机に向って、研究にふけっている背を、私に見せたことがあっただろうか。

涼太たちと、新しい本を読み、幼稚な作文を書いて批評しあうことが、無性に楽しく嬉しい日課になっていく。

いつの間にか、私と涼太は二人だけの時間が欲しくなり、未明にこっそり出逢い、人の通らない眉山の中に見つけた、椎林の中で坐るようになった。まだ眠りこけている理子を私は背負い人通りのない夜明けの道を一心に歩いていく。

山の小路の入口に涼太は必ず立っていて、理子を抱き取り、片手で私の肩を抱く。椎林の中で坐って、眠りつづける理子の横で、私と涼太は言葉を忘れていた。口にしないでも私たちはそこで無数の話を交わしていた。

「こんなこと……つづかないと思う……」

ある日、私は思いあまったようにつぶやいた。ふたりは理子の小さな寝姿越に、掌と掌を握り合わせてはいたが、接吻する勇気はどちらにもなかった。

「こんなことになるなんて……想像したこともなかった……」

「わたしは小説を書きたい」

「それがいい、きっと書けると思う」

「あなたはどうしたいの？」

「芝居をやりたい、演出家になりたい」

「まあ、それはいいわ、そうなさいよ」

他愛もない話の種はすぐ尽きる。まだ眠りつづける理子を涼太は軽々と背負い、片手で私の掌を取った。ふたりの掌は早朝の森の冷さの中で凍っているように冷たかった。

ある日のこと、いつものような時間を過し山路をたどりはじめた時、先に歩いていた涼太が、鋭い声で、

「見るな！　ふりむけ！」

と押えた低い声で云った。その真剣な声に、私は思わず背後を振り向いた。涼太の片掌が私の肩を抱き、

「ふりむかないで！　いやな物がある、道を更《か》えよう」

と、息をはずませて早口に言う。黙って、反対側の山路をしばらく行き、下り口が見えてくると、涼太がつぶやいた。

「人が下っていた」

「ええっ？　首吊り？」

「男だった。中年過ぎかな……あなたは見なかったでしょう……見なくてよかった……」

しばらくぶりで東京から帰った夫を菜畑の中の小さな駅に迎えに行った帰り路で、私は足を止め、涼太を愛していることを告白した。

肉体の関係はないと言うのを聞いた夫は、

「そんなこと信じる者は、俺以外には世界じゅうに居る筈はないよ」

と、口をゆがめて言い放った。それでも夫は、辛うじてそのことを信じていたので、私の迷いは一時的のもので、そのうち正気に返るだろうと思っていたようであった。

恋というのは理屈では説明出来ない。一度それに取りつかれると、人は自分でも理解の出来ない理不尽なことを平気で決行する。

私は物に憑かれたように、夫と子供の場所から、無一物着のみ着のままで家出をした。

財布も取りあげられたので、私は電車の線路をつたって歩きだした。

女学校の友だちが結婚して、夫と二人でアパート暮しをしている所へ、一度お祝いに出かけたことを思いだし、歩き疲れて倒れそうな躰でたずねて行った。友人は、桃の素焼の貯金壺を柱に叩きつけて割ってくれた。小銭ばかりが部屋じゅうに飛び散ったのをかき集め、それを借りて駅に行った。その金額では京都まで鈍行なら行けることが解った。私はためらわず京都行の列車に乗った。

京都に住んでいる女子大時代の友人二人にと、涼太に電報を打った。

午前五時すぎ京都駅のプラットフォームで二人の友人が寒さに震えながら待っていてくれた。

英文科出身の二人は、女学校の英語の教師と、進駐軍の通訳の仕事についていた。

進駐軍に勤めている友人は、京大生の弟と下宿住いをしていたので、そこへ転りこみ、下着からセーターまで彼女のものを借りて暮しはじめた。配給票を持たない私は、三度の食事にも不自由したが、幸い職は友人の弟の世話で、程なく出版社にもぐりこむことが出来た。

それらをすべて涼太に報告したが、彼は一ヵ月経っても出て来なかった。その時になって、若い彼の働きを当にしているつつましい家族の事情に漸く気がついた。

ボストンバッグに、米や野菜を一杯つめて、ようやく涼太が現われた時、私の恋熱はいくらかさめ、平常心が戻っていた。

涼太は、自分の家では彼の働きを当にしている家族がいることを語り、この際、私は独り立ちして、出発するべきだと、老けた顔になって説得した。

「相手の来ない駈落《かけおち》ね」

わざと陽気な声を出し、笑いにまぎらしながら、私はこみあげる涙を呑みこんでいた。

急場を救ってくれた小さな出版社がつぶれたのを潮に、私は上京して、本気で小説修業に落着くことにした。

風の便りで涼太の一家は博多に移り、涼太は子持ちの中洲のバーの売れっ子と、結婚したとかいう話が聞えてきた。

私は家庭持ちの、売れない前衛小説家仁二郎と縁を持ち、湘南の彼の家から、西荻窪の私の下宿に、月の半分くらい通わせる生活をしていた。

生活費は子供向けの雑誌に原稿を書き、結構暮しはまかなえていた。男の通い賃も家賃も私がまかなっていた。

仁二郎が通うようになって、私は三度転居したが、その度、住いは広く小ざっぱりしてきた。ある夏のことだった。彼は私に懸賞小説を書けとすすめ、どうせ当る筈ないから気が進まないという私を、珍しく叱りつけるようにして机に向わせた。まだクーラーを買う程のゆとりはないので、格別暑さのきびしい八月一杯、机にしばりつけられた私を、仁二郎は大きなうちわで、背後から扇ぎつづけてくれていた。私は病人の使う氷のうに氷を入れ、それを鉢巻きにして頭にしばりつけていた。

小説は北京時代の、同性愛の女性の話で、その一人は、北京時代、夫が師範大学の講師だった頃の女性教授であった。

彼女は私のことを初めて逢った時から気にいってくれ、文学少女時代からの自分の話をよくしてくれた。田村俊子が、私たち夫婦の新婚のマンションの部屋に、彼女と一緒に遊びに来たこともあった。

その懸賞小説が書き上ったのは、締切ぎりぎりの八月三十一日だった。仁二郎は原稿を丁寧に揃え、紙こよりを使ってそれを綴じ、茶色の紙袋に入れ、しっかりと口を封じた。

「さあ、急げ」

ぐったりしている私を、叩き起すようにして、二人は深夜の往来に出た。さすがに真夜半は少し涼しく、天上には大きな月が秋めいて輝いていた。表通りの赤ポストの口に、私は厚い袋をぐいぐい押しこんだ。「ボタッ」という音がして、原稿がポストの底に着いたことが知らされた。思わず抱きついた私を、ぐるぐる引き廻しながら、仁二郎がいつもより高い声で言った。

「当選するよ、これ！」

その予言は当った。その年の新潮の新人賞は、私の「女子大生・曲愛玲《チュイアイリン》」の上に輝いた。

芥川賞も直木賞も貰っていない私にとって、作家の看板となる作品が、漸く一つ得られたことになった。

そのうち更に思いがけないことが起った。ある日、新潮の齋藤十一氏から仁二郎に呼出しがきた。私はすぐ飛上って喜んだ。

「ほうら、来た、齋藤さんが、仁に小説を書かせる気になったのよ」

「まさか」

「いいえ、そう。早く行ってらっしゃい、今夜はお祝いの御馳走用意しておくから、真直帰ってね」

いそいそと送りだした後、私は駅前に買出しに行き、その日の晴れの夕食の用意をした。

思ったより早く仁二郎は帰ってきた。彼は食卓一杯に並べられた皿や小鉢に目を丸くしながら、

「盆と正月とはこのことだね」

と笑いだした。

「愕くなよ、新潮は新潮でも、注文は週刊新潮だ、柴田錬三郎の跡をやれって」

「何ですって！　まさか、そんなの仁に書けるわけないでしょ、齋藤さん、どうなっちゃったの……もちろん、断ったでしょ」

仁二郎は妙な見馴れない表情をして、私の目から視線をそらした。

「引き受けてきた」

「ええっ？　どういうこと？　仁、しっかりしてよ、どうなったの」

疳高い声になる私の顔から目をそらし、低い声で彼がつぶやいた。

「もちろん、言下に断るつもりだったよ。ところが、奴が、たしかお嬢さんがいらっしゃいましたね、そろそろ大学ですか？　って。実は娘が早稲田に入りたがってるんだ。それに、女房にもずいぶん苦労かけてるしね、近頃、すっかり躰が弱ってきている……」

私はもう仁二郎の声を聞いていなかった。引き受けてしまったのだ。どうするつもりなのだろう、そんなもの書けないのに！　絶対書けるわけないのに。

齋藤さんは純文学作家に大衆小説を書かせ、人気作家にするという妙な趣味があった。

五味康祐がそうだし、柴田錬三郎がそうだった。五味さんの剣豪物は大当りだし、柴田さんのエロっぽい眠狂四郎ものも、今や週刊新潮の看板作品になっている。二人とも生真面目な純文学作家として、努力をつづけてきた人たちである。

「おれの『写楽』を読んで書けると思ったんだって！」

どこか嬉しそうな、浮いた口調が癪にさわる。写楽は、私の故郷の徳島の人だったというので、いつか書くつもりで、写楽に関する本を秘かに集めていた。それを見た仁二郎が、読みたいと、すべて持って帰ったものだった。


仁二郎が、案の定、週刊新潮の新小説の出だしに四苦八苦して悶絶しているのが目に見えるので、三回分ほど、書出しを書いたものを、彼の机の廻りに、反故のように捨てておいた。しばらくして、そっと覗いてみると、それらは一枚も無くなっていた。少しでも役に立てば何よりだけれど、評判が良すぎて、思いがけない人気など出れば、どうしていいかわからない。人生、実に一寸先に、何が待ち受けているかわからないものだ。
「流戒十郎」は齋藤さんが誰よりも喜んだそうで、まあ一安心していいのかも。
受取った原稿料の莫大さに、仁二郎は啞然とする。どうしてもと、稿料の半分を
私に寄こす。
「これまでどれほど借りがあるかわからない。家の者もぜひそうしていただけ
と、心から言っているから……」
あんまり断るのも、わたしの本心が批判しているのを見ぬかれそうなので、云
われるままに受取ることにした。その銭で、英國屋で彼の背広や外套を注文す
る。箱根の塔ノ沢へ二人ではじめて出かけた時、早世した兄君のお古だという背
広の裏布が、すっかり破れたのを、直す閑もない程、彼の妻は内職の縫物に追わ
れているのだろうと、涙がこみあげてきたのを忘れない。
「流戒十郎」の評判がよく、話題にされることが多くなるにつれ、純文学畠の
人々の非難の目が明らかになってきた。
――まさか、君がかくも情けなく落ぶれるとは……――

という声を、直接送ってくる文学一途の人々もいるようであった。

新宿の伊勢丹で買物があり、そのついでに美容院でマニキュアだけをして貰って帰ってくる。仁二郎が二階から駈け下りるようにして、

「逢わなかった?」

という。

「え? 誰に?」

「来たんだよ、突然。彼が、涼太くんが……」

「ええっ」

「びっくりするよね、岩佐という友達と一緒だった。そっちの方が背も高くいい感じだった」

「涼太の親友で、大きな材木屋の跡取りです。建治って、次男ですけど、跡取りの長男がアルプスで死んでしまって……」

「何でも東京で仕事することになったから、ちょくちょく来ていいかと」

「何、考えてるのか」

中洲のナンバーワンだったという女と結婚していたのは、どうなったのかしらと心を駈けめぐるものがあったが、心のうずくような切なさは無く、何かうっとうしい濁流が押し寄せてきたような感じだった。

「文学青年なんだね、俺の〝触手〟読んでいた」

「それにしても……何だか突然ね」

「焼けぼっくいに火がつくって、よくある例だよ」

「いやだ！　何、今更からかってるんですか」

次に涼太の電話が来たのは、仁が藤沢の実家に帰っている時だった。仁の留守に涼太を部屋に上げるのも気がひけ、私が涼太と駅前の呑屋街に行くことにした。

「ここは太宰が心中した山崎富栄さんとよく来ていた店ですよ」

と教えると、昔の文学青年の若々しい表情がすぐ現われるのがいとしかった。

「子連れのナンバーワンのお嫁さんはどうしたの？」

と訊くと、一年余りで、あなたのやさしさは女ひとりにではなく、人類一般、猫や犬にまで及ぼすやさしさで、自分ひとりが愛されてるとは思えないと、言われたという。

「男の子は、ぼくにとてもなついていたんですがね」

「それもあなたの錯覚かも」

「きついこと言いますね。でも玲子は、中洲の女です。やっぱり、普通の電灯の光で見るよりも、酒場の灯の下でこそ輝く女でしたね、今、横浜のバーで、はやってるそうですよ」

「仕方のない人ね、でも中年の男の独り身は、見た目が侘しすぎるから、いい人がいたら、早く結婚しなさいね」

「おばあさんみたいな忠告だな、おかしいよ」

私は疳高い自分の笑い声にぎょっとして身をひいた。

その日を境に、仁の来ない時は、当然のように涼太が訪れるようになっていた。仁の来ている時、ふたりで鍋物などつついていると、ふいに涙があふれそうになることがあった。今、ひとりで大衆食堂の片隅で、新聞を見ながら、ひっそり焼酎を呑んでいる涼太の姿を想うと、たちまち涙がこみあげそうなほど、いとしさがあふれてくるのだった。

ふたりがそうなったのは、熟れた木の実が落ちるような自然さであった。昼間は家主の主婦がアルバイトに出かけて留守になる涼太の下宿の部屋で、二人はひっそりと軀を合わせていた。

稚拙さが初々しかった、かつての涼太は、別人のように愛戯にたけた中年の男に変っていた。

帰り路は、一駅の電車に乗らず、歩いて私の下宿にたどりつく近道を発見した。

この秘密がいつまで保てるか。私は妙に開き直っていた。純文学の台座から降りた仁には、かっての魅力が半減していた。

二人の男を同時に愛せるなど、それまでの私は考えたこともなかった。しかし、気がついた時には、そんな器用なことをけろりと実演している自分を見出して、私は不気味になっていた。

「識ってるよ、あの人は。気づかない程鈍な人じゃない」

「だったら、どうして、さり気ない顔がつづけられるの」

「この情態を崩したら、三人が三人とも不便になるだろう」

不幸ではなく、不便という涼太の表情の冷たさに、私は背中が冷えた。

それからでも、どれだけ長い時間を、三人でわけ持ったことか。

涼太と二人の表札を門の両脇にかけて同棲したこともあった。涼太は新しい事業を始め、私はその費用をつくるため、夜も眠らず、売れる原稿を書きつづけた。

仁は大学生になった娘の通学に便利なため、三人家族で湘南の住いから上京し、私と暮した家に住みついた。それを「気持が悪い」と評した知人がいたが、私は一向に気持が悪いとも思わなかった。

私と仁に、二階家の離れを貸していたクリスチャンの大家は、

「これで正常の関係に戻られたのですから、おめでたく結構なことです」

と言い、私たちはそれぞれに笑いあった。

その後、涼太と私は籍こそ入れなかったが、夫婦同然の暮しをした。私は自分の印鑑のすべてを涼太に渡し、彼はそれで私の銀行の金を自由に引き出し、彼の言う「事業」なるものに使った。放送のスタジオだったり、始まったばかりの有線放送の何かだったり、説明されても、私にはさっぱり解らない仕事ばかりであった。そのどれもが、バカでかい金を費用とするものであることだけは変らなかった。

その為の費用を作るため、私は夜も眠らないで書きに書いた。仕事はきりなく、いくらでも来た。

かつて仁二郎が書いた週刊誌にも連載を書き、それが当った。映画にも舞台にも上った。

涼太を飼う為に私は仕事をしている。いや、涼太こそが、私に仕事をさせてくれている。

書き疲れ、思わず机にうつ伏して眠りかける瞬間、頭をよぎるものに、

「どっちでもいいや」

と、ふてくされて、私は机にどっと頭を落すのであった。

涼太のスタジオに勤めている若い娘が、涼太に夢中になっていることを、告げてくれる涼太の会社の社員がいた。その男に告げられる前に、私はそのことにすでに気づいていた。

その時から二ヵ月ほど前のこと、私は涼太もよく識っている旧友と一緒に、涼太のスタジオに寄ったことがあった。スタジオの隣りの小さな喫茶店で、三人でコーヒーを呑んでいた所へ、スタジオに勤めている若い大柄な女が入って来て、涼太に向い、誰々さんから電話が入り、涼太の返事を欲しがっていると告げた。その女がコーヒー店に入ってきた時から、顔色を変えていた涼太が、きつい声で、

「そんなことくらい、きみが適当に返事をしておけばいいじゃないか」

と叱りつけるように言い、女を追っぱらった。そんな荒いことばを自分のもの以外の女に、使う男ではなかった。その瞬間、私は二人の関係を察したが、気にもせず見逃していた。その女がおよそ私の好みでないからであった。自分の好み

でない女に、涼太が心を移すなど、信じてはいなかった。

私は古典の大訳を始めるという名目で、仕事場を京都に移した。つまり涼太との同棲を破ったのだった。

女は当然のように涼太と暮し始めた。

やがて二人は、盛大な結婚式をあげた。私と涼太共通の旧友たちにも、すべて招待状が出されたという。私にそれを怒る理由は何もないのに、許し難い怒りで軀の芯から震えてきた。


あれから何年経ったか、数えたこともなかった。涼太たちの消息は、互いの共通の知人が多いので、何となく伝ってきていた。女の子と男の子が生れ、仕事は度々変っているが、何とか派手に暮しているらしいとのことであった。彼の家へ突然寄ったら、女房が、一センチもする厚い牛肉をその場で焼いてくれたとかいう話も、私も笑い乍ら聞けるようになっていた。男の子が、気味悪いくらい涼太の子供の頃に似ているなど聞くと、ほほ笑ましくさえなった。私がすでに涼太を思い出さなくなっているように、彼も私との過去など記憶から消し去っていてくれればいい……など、心から思うことさえあった。

私が出家して、嵯峨野に寂庵を営んでいることも、彼はマスコミの報道ですべて識っている筈であった。私がほとんど彼等のことを思いだすことがないように、彼の方も、私のことをマスコミで知らされない限り想うことはなくなっているだろう。

そんな想いさえ、滅多にしなくなった頃であった。二人の旧友の建治が、早朝、電話をかけてきて、涼太が死んだと告げた。建治は泣き声になり叫んでいた。

「自殺だ！　首を吊った！」

事業が失敗で、借金が払いきれず、女房と娘が、借金のかたに外国に売られそうだと苦に病んでいたという。体もガンで苦しんでいたとか。女房の里に、二人を逃して、自殺したとか。

私は昨夜、真夜なかに、度々電話が鳴り、受話器を取ると切れてしまったこと

を想い浮べていた。あれは涼太であったのか。ふいに、

「見るな！」

と言った涼太の、切羽つまった声を想い出した。何十年も昔のことなのに、たった今、聞いたようにありありしていた。

「見るな」と言った首吊りの男の姿を、涼太は忘れてしまっていたのだろうか。

「可哀そうに！　馬鹿な奴だ！　祈ってやって下さい！」

「見るな！」と言ったあの死人を、彼は何故、思いださなかったのか。切れては、また鳴った昨夜の電話を想い返えしながら、「見るな！」と、心にくりかえしていた。

ぜんとるまん

その日、奥村四郎は、目覚めた時から快適ではなかった。

昨夜、妙な夢にずっとうなされていたような気がする。気がするというのは、夢そのものの正体が、少しも思い出せないからである。

子供のころから、横になったらすぐ眠り、熟睡するたちなので、夢などめったに見ないから、見た夢を克明に思い出す方法などにうといのだろう。

昔、といっても、二十六年前の結婚のはじめのことだ。妻のティ子は、よく夢の話をしたがった。

朝、目を覚ますと、すぐ横にティ子の顔があり、うるんだ目がじっと四郎の顔にそそがれている。テイ子の掌の中に四郎のものがかさばって握られている。またしたいのかと、目で訊くと、テイ子はますます目をうるませ、

「ちがう、夢を見たの」

と甘えた声を出す。こんな目と声の時は、テイ子が欲情しているとわかってきた頃だった。初夜の時、おびただしい出血を見せ、四郎を感動させた妻は、半年もたつと、きわめて迅速に性愛に馴染み、かと思うとたちまち、その快楽のあくなき追求者になってしまった。

どこで恥しげもなく手に入れるのか、怪しげな絵入りの指導書を買いこんできて、目覚めた性愛への好奇心をかきたてている。

とりたてて見どころもない、平凡な顔立の中で、テイ子の目だけは形のいい二重瞼で表情がある。本人もそれを承知しているらしく、眠る時もアイシャドウはとらない。

「よせよ、それとった方がいいよ」

と言いそびれたのは、見合い結婚でまだ遠慮があったからだ。一つ言いそびれ

ると癖になって、あれもこれも言いそびれてしまって、すべては後の祭りとなった。

きみの夢の話、面白くないよという言葉も、あの時、言いそびれてさえいなければ、子供に手がかからなくなってから、テイ子が突然、童話を婦人雑誌に投書したりはしなかっただろう。まして三度めの投書で、受賞するなどというとんでもない事態を招きはしなかったかもしれない。

テイ子に昔聞かされた夢は、青い海や、花園や、虹やしゃぼん玉が背景だったが、自分の昨夜の夢は、何か目も鼻もない、いや、もしかしたら首もない巨大な魔物に圧し殺されそうな不快なものだった。単に二日酔と食いすぎのせいだと、半身起した時、四郎は気づいた。

反対の壁ぎわに離してあるテイ子のベッドはもう空で、ベッドカバーがきちんとかけられていた。時計を見ると、いつもの起床時間より二時間も過ぎている。

これでは会社に着けば十一時になるだろう。今日に限って、九時半から会議がある。

販売部長としては欠席出来ない新販途拡張の、発表会議なのだ。

ティ子が会社に病欠とでも断ってくれてあればいいが、そんなことはないに決っている。へそくりで自分の童話の本を自費出版して以来、すっかり作家気取りになったティ子は児童文学の会とか、ＰＴＡへの講演などに走り廻って、夫には日々無関心になっている。

三年前、退職金を半分前借して、ローンを組み郊外のこのベッドタウンに家を建てて以来、かえって家族はそれぞれ勝手な暮し方をするようになり、心が離れている気がしてならない。

学生運動の最中に大学にいたが、四郎はずっとノンポリをきめこんできた。どんな理由があろうと過激なことが嫌いなのだ。平凡でおだやかな暮しがいいと憧れたのは、生母が四郎がその顔も覚えない間に、家を出てしまったからでもある。誰もがその件に触れまいとするので、祖母に育てられた四郎はあえて聞かないできたが、どうやら不謹慎な身持をとがめられ、出ていったのではなく、追われたのが真実らしい。

地方に生れ、両親に可愛がられて育った平凡なテイ子と二十五歳で見合い結婚したのも、早く自分の家族と暮したかったからだ。

長男につづいて、長女が生れると、テイ子の方が家の中で四郎より重い存在感を持ってきた。

長男の要一が生れたあと、四郎は会社の方針で、毎年三人外国へ派遣される留学生に選ばれた。

英語に強いキリスト教系の大学を出ていたのが、選ばれた理由の一つになった。

ケムブリッジで二年留学した間が、ほとんどまともな勉強の出来なかった大学時代よりはるかに愉しかった。

自分が一家の主人で、妻子のある身なのだということを忘れそうになった。

テイ子はその間せっせと手紙を寄こした。気恥しいような甘い文句を書きつらねてくる。

自分の性器を「アナタノカワイイコネコチャン」など書いてくると、思わずあたりを見廻して狼狽した。一緒に暮すにつれ、四郎は妻に異和感を深めていったが、ティ子の方は日と共に夫に満足していた。技巧派ではないが、四郎は体格がよく性欲も人並であり、次第に厚かましくなる妻の要求を満してやることにはやぶさかでなかった。

会社での信用もまあまあで、順調に立場が進んでいた。その都度、ティ子は赤飯を炊き、頭つきの魚を焼いて、三つ指を突くまねをして、

「おめでとうございます」

と言った。そんな夜は格別派手に声をあげた。

入社の時、編集部を希望したのに、いきなり宣伝に廻され、やがて営業に廻された。軀が巨きく、素朴そうな感じのするおだやかな顔立なので、いかにも誠実そうで人に信頼感を与えるというのだった。

営業に廻されてしばらくは専ら地方の本屋廻りをさせられた。酒の好きな四郎は日本の各地の町の地酒がふるまわれるのが役得で、小さな本屋から流通の悪さのぐちや、歴史を誇る老舗の本屋から、駐車場のある大型書店に太刀討ち出来な

くなったなどという将来の不安を訴えられるのが、厭でもなかった。彼等は若い下っ端の四郎から、安心出来る答えなど期待しているわけではないので、四郎が正面から相手の目を見つめ、深い同情を示したり、なるほどと、胸の底からうなずくと、もう一軒どうですなどと、気のおけない腰掛けの呑み屋につれて行くのだった。

そんな小さな、のれんをくぐっていく呑み屋では、年寄の女将に四郎はよく持てた。結婚していて子供があるといっても、

「嘘、嘘、ぜえんぜん所帯臭さがないわよ。あたしはこれでも、数えきれないお客さんに出逢ってますからね、独身か既婚者か、一目でぴしゃっと当てるのよ」

そんな時、四郎は逆らわず、ははははと人のよさそうな笑い声をあげて、年寄に花を持たせる。

会社のキャリアウーマンにはさほど人気がないのは四郎も知っていた。四郎の方もちゃきちゃきしたそういう女たちは苦手だった。

垢抜けしなく、女の機嫌を取るのが下手だと思われているようだが、結構、そ

の道ではすばやいところがあって、テイ子に全く尻尾を摑まれず、ちょっと長つづきした隠しごとの一つ、二つはあった。

キッチンの卓上にはサラダと冷めたハムエッグが乗っている。

それを見ただけで、突きあげるような吐き気に襲われた。トイレに駆けこんだが黄水しか出ない。昨夜吐き尽したのだろう。動く度頭の芯がずきずき痛む。

昨夜は高校時代からの親友の望月の慰め会をして、二人で食事のあと、新宿のバーを何軒も梯子した。望月は都心の一流ホテルに勤めていて、美人の女房と子供二人、自分の母親という家族構成だった。友だちの間でもハンサムで、ホテルのような接客業には適合していた。宴会部の部長になって、女客には特に評判がよかった。これまでの暮しは、順調そのものだった。

それが突然のホテルのリストラで、八十人の解雇の中に入れられて、思いもよらない逆境に堕されたのである。

食事は、望月の顔の利くイタリア料理店に行った。思ったより以上に望月はこたえていて、目のふちに隈を作っていた。

二人の子供の年齢も、四郎の家とほぼ同じで、下の男の子がまだ大学生だった。

「家の人たちはどうだ」

「うん、女房は根が暢気なやつだから、まあいいじゃない、これまでずいぶん勤勉に働きつづけたんだもの、一休みしたらって」

「いい女房だなあ」

テイ子のどこを押したってそんな言葉は出そうもない。

「息子は、おれ、大学やめたっていいよ、実はインドへ前から行きたかったんだなんて、言うし、娘は、今までどこへもつれてってないから、この機会に女房をつれてヨーロッパへでも行ってこいなんていう」

「羨ましいなあ、俺んとことは雲泥の差だな」

「おふくろが一番ショックでね、寝こんでしまった」

「おいくつだ」

「七十七だよ」

「無理もないよなあ、それで、これからどうする?」

「まだ茫然自失の状態で、何も先が見えない。さしずめ、都でやってる職業訓練学校に入るつもりだ」

「大変だなあ」

と言いながら他人事ではないぞと四郎は思った。会社の崩壊する時は、社員が一番聾桟敷に置かれている。会社が倒れる前日まで、社員は危険度の真実を知らされていない。明日はわが身かと思いながら、それにしてもこのレストランはどうしてこうはやっているのだろうと、客の多いあたりを見廻した。女客の方が目立って多い。さっきからワインを追加注文しようと思うのに、人手が足りないらしくボーイがなかなか廻って来ない。この店はボーイのほとんどに若い外国人を採用している。望月に訊くとその方が女客に喜ばれるし、外国人の方が近頃では安く雇えるのだと答えた。

背を見せて向うのテーブルにいるボーイに、すでに酔いの廻ってきていた四郎が勢よく右手をあげ、

「ぜんとるまん」

と声をあげた。みごとなキングズイングリッシュがあたりに響いた。四郎の声は軀の巨きさに応じて、大きく、よく響く。人々がいっせいに振り向いた。当のボーイはきょとんとした表情で一瞬ふりかえったが、さっさと背を向けて去ってしまった。

若いボーイは左耳にリングを通しているイタリア人だった。望月がさっと赤面して顔を伏せた。日頃、酒を呑むほどに蒼くなるたちの男だった。

視線をそらせたまま望月がナイフとフォークをスマートに使いながらつぶやいた。

「それにしてもさすがだなあ」

「何が」

「ケムブリッジ仕込みの発音だ」

「いや、つい、癖が出てね、教えてやろうか、おれの会社でのあだ名はな、ぜんとるまん、だ」

望月がナイフとフォークを止めて、いきなり笑った。おや、こいつ今夜はじめて笑ったぞ。四郎は望月の誰をもいい気分にさせるような美しい笑顔を見て、自分も愉快になってきた。

望月が笑ったのは、あだ名と自分のいつまでも洗練されない風貌や態度の差異のちぐはぐさによるのだろうと察した。四郎はそれを承知で、あだ名の来歴を話しだした。

数年前、ブックフェアーでロンドンへ出張したことがあった。社員と、ロンドン駐在の社の事務所勤務の者が、男女十人ばかりで、夜、打上げ会食をした。下町の賑やかな大衆向きのレストランだった。満杯の客で活気にあふれていた。会がたけなわになった頃、店の喧騒も度を加えてきた。突然、四郎が手をあげてよく通る声で、

「ぜんとるまん」

と呼んだ。初老の給仕人が、ゆっくり振り向き、テーブルの間を縫って四郎たちのテーブルに近づいてきた。

同席していた女社員の二人が下を向いて笑っていた。

「へえ、ボーイにもゼントルマンというんですか」

上役のゴマ磨りばかりしている同僚の男が、にやにやしながら言った。

「そうです。ボーイとか、おいっとか日本人が呼ぶのを、彼等はひどく嫌っています。相手のプライドを傷つけてはいけません。こっちの人は特にプライドが高いですからね」

四郎は大真面目な声で言った。同席の日本人は、顔を見合せて、小馬鹿にしたような薄笑いを浮べていた。

「それで帰ったら、いつの間にか、おれのあだ名が社内じゅうに拡まっていたというわけさ」

望月が今度は遠慮なく晴々と笑い声をあげた。四郎は、思わぬことで、この一瞬でも望月に憂さを忘れさせたと思うと嬉しかった。

馴染みのどのバーも呑み屋も客が少く不景気をかこっていた。望月に不当な運命を今夜だけでも忘れさそうと、身を挺して梯子した結果の二日酔いだから仕方がない。

会社へは声を聞かれたくないので、伯父が脳溢血で急死したので、そちらに顔だけ出して、昼前には会議に出ると、ファクシミリを入れて家を出た。伯父は数年も前に死んでいる。

娘は就職先に職員アパートがあったので、就職と同時に家を出て行き、息子も大学を二年すぎた頃、遠すぎるからとの理由で、友だちとアパート暮しに移っている。

テイ子好みの設計のモダンな家は夫婦二人だけしかいない。これがまあ終の栖かと心につぶやいてみても、四郎はこの家で息を引き取る自分の最後の姿が思い描けないのだ。

電車は、いつもの朝のラッシュが少しずれたせいか、いくらかゆとりがあった。戸口に遠い席に空席を見つけ、坐ったら、急に睡けに襲われて眠ったようだった。

目を覚ましたら、自分の膝と膝の間に割り込むようにしてひとりの女が吊皮に下っていた。四郎は、女の顔もよく見ず、すぐ立って席をゆずった。

「まあ、恐れ入りますわ。どういたしましょう、あたくし」

近頃聞き馴れない上品な口調で女がゆったりと言い、ためらいながら、四郎の席へ坐った。なるべく女の膝から足を引きながら、四郎は吊皮に手をかけた。

女が柔かな和服を着ていることも、髪を衿元で束ねていることも、マシュマロのように、白くて柔かそうな顔をしていることも、その時ようやく目に入った。使いこなしたロエベの小ぶりのボストンバッグを膝にかかえている。年恰好は解らない。妙に非現実的な雰囲気を漂わせた女で、満員電車の中に、何かのまちがいでまぎれこんでしまった特別の人種のように見える。

化粧のあとも見えない透き通るような白い肌に、それにふさわしい柔かな薄い眉が煙っている。どこを見ているのかわからない、ぼんやりした視線の行方を見ると、目の前の四郎の股間に注がれていて動かない。四郎はそこが固くなるのを感じてあわてた。さり気なく移動して扉口に近づくと、待っていたように電車が止った。駅名を確かめもせず、降りる客にまじって外へ出た。

いつもは、雑誌か新聞を読んでいて、ほとんど目をあげたこともない通過駅だった。他の線と交っている駅らしく、プラットホームの人の流れはせわしそうだ。壁際に自動販売機とベンチが並んでいる。

四郎はベンチに腰を下して煙草に火をつけた。頭の痛さも、胸の重さも薄らいでいたが、全身を襲うけだるさと心の虚無感は消えていなかった。

どうしてもこのまま会社へ行く気がしなかった。かと言って、あの自分の家へ帰りたくはなかった。これまでよほどのことがない限り、四郎は会社を休むようなことはなかった。希望の編集局へはとうとう廻されなかったけれど、宣伝部から営業部へ移って後も、自分の仕事に誠実に取り組んできた。自分より若く、自分より無能な男が、巧言令色だけで地位を上げ、自分より上役になったりした時の口惜しさを忘れたわけではないが、どうせ生業《なりわい》仕事には苦労や苦情が付き物さと、自分をなだめすかしてきた。

なぜあんな家族のために、身を粉にして毎日働かねばならないかと、時々突発的な怒りがこみあげてくることがあっても、疲れ過ぎだなと、強精剤のドリンクを一度に二本も呑めば、気がまぎれてしまう。

ああ、どこか遠くへ行きたい、歌の文句のように。そうだ昔の人間は、こんな時、出家放浪を思い立ったのではないのか。そう思うと、すべての現実の生活のもろもろを投げ捨て、身ひとつになって放浪の旅に出るという途が、まだ自分の余生に残されていたと気づいた。しかし山頭火や放哉のように、おれは俳句ひとつひねれないしな。

「あのう」

ためらいがちなやさしい女の声と一緒に、言いようもなく気持のいい香水の匂いが傍に漂ってきた。

同じベンチの端に、あの電車の女が腰を下して笑いかけている。

「お煙草、反対でございますわ」

言われてみると、今、火を点けようとしていた二本めの煙草が、吸口を反対にしてくわえられていた。あわてて、

「や、どうも」

と言い、それをくわえ直すと、女がほほほと声をあげて笑った。茶色がかった瞳に親しさがあふれている。

「お降りになったのを、全く気がつきませんでした」

人々はみな去っていて、プラットホームに残っているのはふたりだけだった。爽やかな秋風がプラットホームを吹きすぎていて、女の香水がそこはかとなく匂いたつ。

「あのう」

女がまた、ためらいがちな声でつぶやいた。何というやさしい、もの柔かな口調の女だろう。よほどの上流階級の育ちなのだろうか。

四郎は、逢えば「こんにちは」の替りに「ごきげんよう」という階級の女と昵懇につきあったことはない。この女もどうも苦手だ。女の笑った眼尻にかすかに皺が刻まれている。ますます年齢不詳になってきた。

「あのう、こんなこと申しあげてよろしいかしら……あなたさまのおズボン、裏がえしではございません」

ええっと四郎は自分の足許を見た。たしかに穿き馴れたズボンの縫い目が表にくっきり出ている。狼狽して突っ立ち、途方にくれた。

「おトイレで穿き直していらしったら」

女の声は悠長この上ない。こうした事態におよそふさわしくないテンポである。

「どうも、ありがとうございました」

四郎はそそくさと礼を言い、一気に駆け出して階段を走り下り、見つけたトイレに飛びこんだ。

ズボンを穿き直し息を整えてから、電車の中で自分の一点に注がれていた女の視線を思い出した。朝、起きて不快な朦朧とした気分のまま、着衣したことは覚えている。いくら何でもしかし、と四郎は心中恥しさに地団駄踏む思いがした。洗面所の水で顔をごしごし洗い外に出た。

その正面の通路の壁に添い、あの女がふんわりと微笑していた。苦笑いの会釈を返しながら、四郎はとにかく改札の外へ出た。急に咽喉の渇きを覚えて、構内のレストランに入っていった。空いた席に坐って、ほっと一息つくと、入口から女が入ってきて、四郎を見つけると真直同じ席へ進んできた。

「よろしゅうございますかしら」

と言いながら、もう目の前の席へ優雅な身ごなしで坐っている。ストーカーか。半分気味が悪くなりながら四郎は体を固くした。

注文を訊きにきたウエイトレスに、コーヒーという声が珍しくかすれていた。

「あたくし、レモンスカッシュ」

女がおっとりと言う。ウエイトレスは女に向って深いお辞儀をして去っていった。

「気味悪いと思っていらっしゃいますのね」

それにしても女の口調はどうしてこうも優雅で、羽毛のように軽いのだろう。

四郎は答えが見つからず黙っていた。

「あんまりお寂しそうなお顔していらっしゃいましたから」

「えっ、私がですか」

「はい、あたくし、自分と同じ星から来たお方を見分ける直感がございますのよ」

正気なのかと四郎は女の顔を見つめ直した。目も鼻も口も、一つ一つがばらばらなのに、その造作の収まった顔は、不思議な可憐さと清純さに包まれている。

「その星って、宇宙にあるんですか」

「はい」

女はまるい顎を引いてしっかりとうなずいた。

「かぐや姫もそういう星からまいりましたの」

「月からじゃなかったですかね」

「後の世に月と呼ばれているだけです。今のあたくしたちが月と呼んでおりますのは偽せものですわ」

「偽せもの？」

「だって、そうでございましょう。その証拠に、宇宙飛行士が降りたった月は、草一本なく、荒寥としていたでしょう」

なるほどと、四郎もうなずいてみせた。運ばれてきたものを、女は上品なしぐさでストローから呑んでいる。中指に高価らしい青い宝石が光っていた。

「お寂しいのでしょう」

「ええ、寂しいというか、虚しいというか」

自分の口からどうしてそんなことばがするりと出たのか四郎はいぶかって赤面した。ところがそのことばが口から発しられたとたん全身の力が抜けて、突然楽になった。

「プラットホームで何を考えてらしたの」

「遠くへ行ってしまいたいと」

「まあ、あたくしとおんなじ。遠くへまいりましょうよ」

女と話していると、もうすでに遠くへ来ているような気分になってきた。

レストランを出ると、四郎は駅の壁の時刻表を見上げ、行き当りばったりに、東京と反対の方向へ行く切符を二枚買った。女はどこへ行くのかとも聞かず、黙って、ずっと前からそうしていたように、四郎の傍らに寄り添ってきた。

並ぶと、テイ子より小さかった。

東北の山の温泉宿は、老人夫婦が守っていて、囲炉裏に薪が赫々と燃えていた。一昨日まで、学生たちが居たが、今日からは予約の客もないという。雪の時でも風邪は引かないからと、露天風呂をすすめられた。老夫婦は二人を普通の夫婦として淡々と扱った。

ここへ来る電車の中で、女はほとんど眠っていた。余程疲れていたのか、眠っている間にいつのまにか首を四郎の肩にもたせかけ、子供のように安らかな寝息をたてていた。

どうして今日行きずりに逢った男に、こうまで自分をゆだねきれるのかと、四郎はとまどいながら、ふっといとしさが湧いてきた。癒しという、今はやりの言葉が頭をかすめた。こういう女と暮したら、どんなに安らぐだろうとも思った。

女は夢の中で、何かに脅えたように、いきなり、四郎にしがみついてきた。

四郎はあやすように女の背を撫で、女より強い力でその上体をしっかりと抱きしめていた。

露天風呂は宿の主人の言ったように、湯に入ってしまえば、時間がたつほど軀がとろけるような温さで、じわじわと全身が包みこまれてくる。

暗い天空には、星がおびただしく、星座がくっきりと浮んでいた。

女はゆったりと四郎の方へ足をのばし、なめらかな岩に背をゆだねていた。着物を脱ぐと、思ったより肉づきがよく、乳房も形が整っていた。

女ののばしてきた手を執り、その軀を湯の中で引き寄せた。

女は抵抗なく四郎と肩を並べ、ふたりとも無言で、星空を仰いでいた。

四郎の脳裡に、今日の会社の会議の様子が浮んできた。今頃、ティ子が四郎の二日つづけての遅い帰りに腹を立てて、腹いせに今の情事の相手の児童文学評論家という男に、電話をかけているだろう。

ティ子と寝なくなって何年になるだろうと、今まで考えてもみなかったその歳月の長さが胸をよぎった。全く気持をそそられなくなったティ子の軀に、何の未練もなかった。中年肥りを恐れて、ダイエットに汲々としはじめてからのティ子の軀を、四郎は好まなかった。鎖骨の浮き出た女は意地が悪そうに思われる。媾る時、恥骨や骨盤の当る女はごめんだった。テイ子は四郎が自分の好みを訴えても、意にも介さなかった。

「デブが好きだなんて、気が知れないわ」

とうそぶくだけだった。

女が顔を寄せてきて、耳もとで囁いた。蝶が声を出せばこんな軽さかと思うようなひびきだった。

「どうぞ……よろしいのよ」

四郎は耳を疑った。星明りだけの昏さの中で、女が白い花が開いたようにほほ笑んでいる。

四郎はものもいわず、女を自分の膝の上に乗せた。

部屋の寝床に入ってからも、女は疲れを知らないように、とめどなく溺れた。

四郎はもう、会社も家庭も忘れ果てた。

女と繰り返す度、果す度、体内に毒素のように積り積っていた会社での屈辱や、嫉妬や、不当さに対する憤懣の数々が、一つ一つ溶けてゆくように思った。女は能動的には動かず任せきっていたが、限りなく柔かく、果しなくなめらかだった。溢れるものは尽きることを知らないもののようだった。需めれば、どんなことにも応じた。

腕の中で、雪女のように溶け消えてしまいそうに思い、死んだようになった無言の女に向って、四郎は切ない声を出していた。

「あなたは誰だ」

四郎に女はまだ名もつげていなかった。四郎の名も聞こうとはしなかった。四郎に強く揺さぶられて、女はあの世から呼び戻されたように、薄く焦点の定まらない目を開いた。

「きみは誰だ」

「きょうじんよ」

「きょうじん？」

「そう精神病院から逃げて来たの」

「狂人か」

女が作り話をしているとしか思えなかった。

「次は年が訊きたいんでしょう」

女の指が、萎えた四郎をやさしくなぶりはじめた。図星を指されて、四郎は言葉が出なかった。

「本当はしっかり覚えていないの、でも六十五は過ぎている筈」

四郎は女の肌の弾力や、猛々しく快復する精力を想っていた。

「狂人は年をとらないのよ、あたくし昔、昔、人を殺したの、十五歳の少年でした。それは清らかな神さまみたいな子、生れた時から目が見えなくて……あたくしは夫に捨てられて二十八歳でした。資産家のその子の家に頼まれて、涼ちゃん、その少年よ、涼ちゃんのお守り役になったんです。本を読んであげたり、レコードを選んであげたり……そのうち涼ちゃんにもっと、いろんなこと教えてあげました。家の人に感づかれて、あたくしはそこを出されることになったの。涼ちゃんが一緒に死んでくれといって」

四郎の体内にまたしても情欲がみなぎってきた。女の手の中のものが張りさけそうに痛くなった。

「締めたのか」

「いいえ、琵琶湖へ夜ボートを出して、抱きあって溺れたんです……今、思えば締めればよかったのね。若かったから、まだロマンチックな死に方に憧れてたんでしょう」

「それで狂った？」

女のそこから四郎は全身吸い込まれているような感じになっていた。四郎の背に、女の爪がきりきり刺し込まれている。

女の家族が、女の身を救う方法として、生涯出られない病院に入れたのだという。

どこまでが造り話かしれないと思いながら、四郎は女が狂人でも死んでもいい、もうこの女と別れられないと思った。

「死のうか」

四郎は自分の声とも思えない自分の声を聞いた。

「もう死んでるわあたくしたち、今夜、何度も何度もいっしょに」

殺されるかもしれないという思いが湧いた。それでも恐怖がおこらなかった。夢でもいいと切に思った。たとい女の本当の年齢が八十歳であろうと九十歳であろうとかまわない。

この女となら死ねる。

四郎は女の軀を抱きあげ、離れないまま自分の上にまたがらせた。

こんな姿の女体に装った仏があった。

それは何と呼ばれる菩薩だったか。如来だったか。背骨を引き抜かれるような恍惚の中で、四郎の魂がゆるゆると体内から抜け出るのが、瞼の裏に見えるようだった。

麋<ruby>角<rt>さ</rt></ruby>解

麋角解<br>
<small>さわしかのつのおつる</small>

年の数ほど引越してきたというのが、喜沙の自慢の一つだった。男の数は、とてもそれには追いつかないと、酔えばおまけのように云う。

それを聞く仲間の誰も白けた顔で聞き流す。喜沙の案外な身持の堅さを冗談や、時には本気で、口説いてみたことのある男友達ばかりだから。

離婚は一度だけれど離別の数は、本気で数えたことがないと笑い飛ばす。引越の数と男との離別の数が拮抗するという喜沙の言い種を、誰も信じてはいないものの、引越や別れの多さは、喜沙の飽きっぽい性格のせいだということは、みんな納得していた。

何をやっても続かない喜沙が、一つだけ続いているのが、イラストを描く仕事だけだった。軽妙で明るい喜沙のイラストは、年と共に軽薄度が増す世相のせいか、いつの間にか若い世代にファンが増え、ついでにイラストにつける短いことばが受けて、軽いエッセイまがいの文章の注文まで来るようになっていた。集《たか》ってくる男たちより、今では喜沙の収入の方が安定していたが、それを財めるのが悪徳かのように気前よく使い果すので、若い男たちに人気が絶えない。

この年の暮も、突然、喜沙が引越を宣言した。

「もう都の暮しは飽きたから、ついに都落ちすることに決めた。行先は東北よ。岩手県の北の端、きみたち観も知らない、人口五千くらいのど田舎よ。熊が出て毎年一人か二人食われている。面白いでしょ」

誰も面白いとはうなずかない。

「温泉はないの？　東北の温泉ってなかなかいいもんだぜ」

「ないの、これから掘るつもり」

「え？　町長になるの？」

「なれたらね、永住するつもりよ。子供も育てたいし」

「ひえっ！　妊娠してるの喜沙？」

「するつもりなの」

「男が出来たんだ！」

「つづくかどうか未定だけれど……五つ年下なのよ、フランスの大統領みたいになるかもしれない」

「ひえっ、政治家志望なの、そんなやつ、ろくでもないよ、やめとけよ」

「つづかないかもしれないけど、やってみる。やつの才能に賭けてみる。塗物師として成功させてみたい」

「よせよう、喜沙らしくない」

座が白けて、次々席を立って帰ってしまった。

待っていたように坊主頭の小柄な男が入ってきた。

「荷物みんな出せた？」

「うん、みんな終った。あと喜沙だけ」

話しながら喜沙は手早く、キムチ鍋の支度をしてやる。男はこれから喜沙と東北の町で棲む信介だった。信介は手品のように体のどこからか五合びんにつめたどぶろくを出してきた。喜沙が相好を崩してコップに二つ、なみなみと乳色のどぶろくをつぎ、信介と乾杯する。酒呑みの父親の遺伝で、喜沙は離婚後、結構酒呑みになってしまった。日本酒も洋酒も呑むが、自分で漬けた梅酒が自慢で、これから行く東北の町の各家で造っているどぶろくにも目がない。仕事に不便を承知で信介との同棲を決意したのも、どぶろくの魅力にひかれてのせいもある。

信介は四国の仏壇屋の二男だが、父の代で成功した店は兄の長男が継ぎ、信介は父が手がけた仏壇の漆塗りを身につけることになった。世界一だという日本の漆に魅了されて、脇目もふらず漆塗りに打ちこんでいる。漆では日本一の特産地である二戸市の浄法寺の町へ棲みこんでしまうほど漆に魅入られてしまった。

神経質な自分とは正反対の、のんびりした大まかな喜沙と知り合ってからは、あきらめていた結婚にも夢を持つようになった。

二、三度遊びに来ただけで、喜沙は人口五千足らずの町へ移る決心をしてしまった。

どぶろくとキムチ鍋ですっかり体も心も温たまった信介が言った。

「さわしかのつのおつる……」

「なに？　それ、お経？」

「ちがう。暦の中にあることば。今、冬至だろ、それくらい知ってる？」

「バカにしないでよ！　でも、よく知らない」

「ほら……おれが喜沙より物知りなのは、こんな旧くさいことだけだ」

「どうして、そんなこと知ってるの？」

「じいちゃんに可愛がられたから。じいちゃんは戦争の後、シベリアへつれてかれて、捕虜になって、みんな帰ったのに、最後に帰ってきたんだって……兄弟の中で、おれのこと一番可愛がってくれた。漆が好きで、家の押入れを室《むろ》にして、自分で塗りはじめた。しまいに漆と柿しぶをまぜて新しい塗料を発明して特許取ったそうだ」

「ああ、いつか信が酔っぱらって話してくれたことがある。その塗料で廃物になってた造り酒屋の木のたる塗って大もうけしたんでしょ？」

「よく覚えてるなあ、その通りだよ。でもシベリアの記憶がよみがえると、ノイローゼがひどくなって、自殺しかけるので、ばあちゃんが苦労してた。昼間から、家中の戸を閉めて、まっくらな部屋の隅に猫みたいにうずくまって、死んだふりするんだ。子供のおれがその真似して、よくばあちゃんにひっぱたかれた」

「でもその人、家族のみんなが死んだあと、九十九まで長生きしたって？」

「よく覚えてるね、だから遺書を五回も書きかえてあった」

「逢ってみたかったわね」

「阿波踊りうまかったよ。色町の芸者たちが、よく身の上相談に来てた」

「イケメン？」

「ちっとも、でもどっか粋《いき》だったかな」

「そうそう、さっきのチンプンカンプンのこと……」

「さわしかのつのおつる」

こういう字だと、信介はそこにあった新聞紙のはじっこに、ボールペンで書いて読んでみせた。

「麋角解、さわしかのつのおつる」

「お経みたい」

「お経じゃない。暦の二十四節気の冬至の中の七十二候のことばだ。十二月二十七日頃、つまり、今日のこと。奈良の鹿だって角を人間が落とすだろ？　すてておいても鹿の角は落ちる時がくる。さわしかは、明日行く天台寺の御山《おんやま》に居るよ、おれは何度か見た」

「ええ？　ほんと？　あたしも見たい」

「はじめて御山に登った日、目の前の空中をすっと横に飛んで走ったんだ。びっくりしたなあ、奈良の鹿なんかより、ずっと大きくて、スマートで、飛ぶスタイルが粋だった。速くて、一瞬の夢みたいだったから神秘的だったよ。それから二度出逢ったかな、いつも飛んでいた。向うが怖がっていたのかも」

「ああ、早く行きたくなった」

「明日出発だろ？」

「夢の中で今夜行けるかも、あたし、仕事をいっぱいするわ、空中を飛ぶさわしかのことだって、そのお山で亡くなられたという南朝の天皇のことだって、いくらでも描けそう。それから、その空気と水の清らかな、人の心も汚染されてない町で、信との子供産みたいわ、早く来い来い、あたしたちの赤ちゃんよ、さわしかのように飛んで来い」

「あ、どぶろく、ほとんど、喜沙ひとりで呑んじゃってる」

「だって、美味しいんだもの、あたし、大家の中田さんのおばあちゃんに造り方教えてもらってどぶろく造るから」

「あの町では今はもう公けに解禁で、いくらでも売ってるよ」

「でも、あたしが造る方が美味しいに決ってる」

「だめ、だめ。そんなとこで眠っちゃ風邪ひくよ。さ、ベッドへかついでゆくよ」

「今夜はだめよ、酔っぱらいの赤ん坊出来たら困るから……ウーイ、さわしかのつのおつるう……ううい……」

「新生活出発は、冬至十二月二十七日なり」

# 燐寸抄

その時、私の乱雑を極めた書斎には、キース・ジャレットのピアノが流れていた。三十年前、一九七五年の一月にケルンで行われたソロ・ライブ・アルバムで、この頃ようやく使い慣れてきたスエーデン製の補聴器もつけず、私は自分の耳で聴いていた。即興ソロのピアノの音色は、水の中の竜宮の音楽のように杳《はる》かで寂《しず》かだった。死に誘われそうなほど非現実的な甘美さをたたえていた。

「久世さんが亡くなったのよ」

不意に侵入してきた電話の声は、キースのピアノの音を伴奏にするにしては、あまりに似つかわしくない埃っぽいものだった。

「誰が亡くなったって？」

「久世光彦《てるひこ》さんです。光の君ですよ」

たいていの事には動じなくなっている八十三歳の鈍くさびついた私の心臓も、いきなり大きな太鼓が叩かれたように振動していた。まさか、今、最も精力的に書きに書いている風情の久世光彦が急死するなんて。言葉もない私に、東京の秘書は、冷静な声で告げる。「信じられないけれど、どうも本当のようなんです。三人ばかり編集者に当たりましたが、みんな私たち以上に驚いています。詳しいことは何もまだわかっていません。引きつづき調べて判り次第報せます……通夜、告別式出られますか？」

「……いえ……出ない。出る気にならない」

反射的にきっぱり言った。

電話を切ったとたん、涙があふれてきた。

キースのピアノがまるでレクイエムのようにむせびつづけている。通夜や告別式にはおそらくおびただしい参列者が集まるだろう。

長い間、放送界の演出家として視聴率の採れる最実力者だった久世さんを慕う演劇人たち。その中の何人かは、私もつきあいがある。しかしその人たちと、通夜や告別式で手を取りあって泣きたいとは思わない。

この年まで生きると、毎月、いや毎週、一人や二人の知人の訃報を聞く。八十一歳で亡くなった円地文子さんの晩年の短編小説に、老年になると、義理で出なければならない葬式が頻繁につづくので、喪服をその都度しまうのも面倒で、つい部屋の衣桁に掛けたままになってしまう。という場面があった。これは円地さんのように文壇の女大御所的存在になった人の立場としては、現実の暮らしの実感だろう。と想像出来て、その二、三行の文章にくっきりしたリアリティが感じられたことを、四十年余り経った今も、忘れてはいない。長生きすることは、縁が孤独になることだと、百歳を越えた禅宗の老師が説かれた言葉を思い出す。

キースのCDもいつの間にか終わっていて、私はまだ茫然と久世さんのことを思いつづけていた。病死か、事故死か、自殺か。少なくとも昨日までは元気な姿を見て話を交した人も多いとか。自殺ではないだろう。まさか心中では……ハンサムで、一昔前は目の覚めるように粋でおしゃれだった久世さんは、艶福家だとの噂が高かった。女を惚れさせる男の色気が全身からそこはかとなくただよい、そうした人物には稀なほのかな含羞がふとした表情に滲み出ていた。

うちではスタッフの女の子たちが久世さんを「光の君」と呼ぶにはわけがあった。あれは私の源氏物語の現代語訳十巻が仕上がって出版された頃だったから、一九九八年、平成十年だったろうか。版元の出版社の企画で、完成キャンペーンの様々な催しがつづいていた。その中の一つに、東京で講演会をして、ゲストに人気のある人を招こうという宵があった。その一番手候補として出版社が交渉し、出席してくれることになったのが、久世光彦さんだった。

「快諾して下さいましたよ」

その日の会の世話係の編集者から報告されても半信半疑だった。久世さんはテレビの世界では一時代を作った、歴史に遺る大のつく演出家と定評があるのに、それにあきたらず、いつの間にか文筆の世界でも、次々ユニークな小説や随筆を精力的に発表しつづけている。どう見ても超多忙の人がよくも引き受けてくれたと恐縮した。

その日、時間通り、会場の楽屋に入ってくれた久世さんを見て、思わずその場にいた女たちが総立ちになった。真白のスーツを着て、鮮やかなコバルトブルーのネクタイを締めた久世さんの爽やかさに、あたりの空気が急に明るくなった感じだった。多分、久世さんは六十三歳で私は七十六歳になっていたと思う。

その日の久世さんの目の覚めるような男ぶりは、まさに男ざかりの自信と魅力が、全身からオーラになって放散しているようだった。

その姿で舞台に上がってくれた久世さんは三階席まで埋め尽くしたほとんどが女客の、千六百人に向かって、開口一番さらりと言ってのけた。

「私は現代の光の君です。私の名前を見て下さい。光彦でしょう。父がこの名をつけた時は、おそらく源氏物語の光の君にあやかれと思ったにちがいありません」

どっと拍手が湧き、笑い声が場内を埋めた。

もうそれだけで、場内すべての客の心を、一摑みにしてしまった。あとは何を聞かされても、客席の女人たちは、うっとりと舞台の今様光の君に見惚れているだけで幸福になっていた。

　このあとすぐ次の仕事が控えているという久世さんを送って廊下を歩いていたら、久世さんがすっと頬を寄せて囁いた。

「いいのかなぁ、あんな華やいだ色っぽい声だして、その年で、尼さんが……」

　口調も目の色もからかって笑っている。久世さんも聞いた私の講演の中で、光源氏はどの女に対しても口べっぴんで、まず女をおだてあげ、幸福にさせるという話をしたのに対しての、挨拶句に当たる社交辞令だった。そうとわかりきっていて、やはり私は結構いい気分になっていた。

　その日が初対面ではなかった。その日から三、四年前、NHKの衛星放送のBS句会ではじめて逢っている。全国各地を廻っているその句会が、私の生まれ故郷の徳島で催されることになった。NHKが交渉した出演者の中に久世さんが入っていた。

　テレビでは『ムー一族』以来すっかり久世さんのファンになっていた私は、いつの間にか久世さんの書く小説や随筆の隠れファンにもなっていた。何よりもその博覧強記ぶりに圧倒された。一廻以上も年の若いこの人が、何時、どうやって、これだけ古今東西の書物を読みこなし、頭だけでなく手指の先までその記憶を隙間もなく詰めこんでいられるのかと驚嘆させられていた。

中学の時、太宰治に心酔したことを恥ずかしがり、隠れ読んだという文学少年は、三十代には当代一と折紙付の旺盛な読書量をこなしていた。

まるで石川淳の申し子のような博識だった。

文章は自然にあふれる知識がインクにほとばしりまざるものだから、芳醇絢爛になっている。一行の中に原稿用紙四百字詰一枚分くらいの学識が織りこまれている。読者に作者の学識に対して何分の一でも、知識があれば、一行に織りこまれた古典の文学や歴史や歌や物語りが、いっせいに活字の中から解き放たれて、読者を包みこみ、魔法の絨毯に乗せ、空高く運び去って、非現実の世界へつれ去ってくれる。

読書の醍醐味とは、現実から非現実の世界へ運び去られ、決してあり得る筈のない夢を見させてくれることに尽きるのかもしれない。

そういう意味では、二十代の若者でも久世さんの撒きちらす摩訶不思議な文章の放つ芳香に酔わされて、充分陶然とした酔心地を味わうだろう。

その若者がもし、四十、六十まで生きのび、ある日、昔読んだ久世さんの本を取り出し、なつかしさに駆られて、何気なく頁を開いたら、そこには昔、自分が読み取った、あるいは酔わされたと信じていたものと、全く違った切ない表情と甘美な意味を持った文章に出逢うだろう。

そんな人が更に生きのび、八十、九十を迎えて臨終をようやく迎えようとした時、霧に包まれた過去の記憶の中から一行浮んできた文章がなつかしくなり、

「あの本を探してみてくれ、久世光彦の『蕭々館日録』だ。あ、ついでにその横にある『冬の女たち』も」

と、介護役の孫娘に言いつける。出戻りの孫娘は四十二歳になっている。その本が枕頭に運ばれてきた時、病人はその本に手をさしのべ、昔女の肌を撫でた時のような優しい手つきで表紙を撫でて、それを胸に落とす。

「読めない……読んでくれ、どこからでもいい……そうだ、付箋をはってある頁、どこでもいい」

言われた通り、付箋の頁を開くと、活字にも朱線がひかれている。そこから読む。

「石川淳は『夷斎筆談《いさいひつだん》』の中に、こう書いているそうである。（略）――《随筆の骨法は博《ひろ》く書をさがしてその抄《しよう》をつくることにあった》――（略）たぶん石川淳が〈あった〉と過去形で書いているのは、江戸時代の室鳩巣《むろきゆうそう》の『駿台雑話《すんだいざつわ》』や松浦静山の『甲子夜話《かつしやわ》』を頭に置いてのことだと思うが、こうした人々の中には、古今の書を読んで心に残った文章の抜き書きを作り、その抄録を世に発表している人もいる。それが〈随筆〉の基《もと》だと石川淳は考え、自分でもそれを実践したのだ」

もっとつづけますかと孫娘が祖父の方を見ると、すでに呼吸が止っていた。おだやかな顔で眠っているようだが、いつのまにか胸に置いた手は合掌していた。

そんな読方を自分の本がされたら、著者はさぞかし本望だろう。

徳島吟行と句会に集った人は、女性軍では詩人の白石かずこさん、書きに書いている林真理子さんに私。

男性軍は久世光彦さんに東大時代から俳句で活躍している小林恭二さん、それに齋藤愼爾さん、齋藤さんは埴谷雄高さんと井上光晴さんに紹介されて以来、四十年ものつきあいに及んでいる。その間深夜叢書の社長、といっても、社長一人が社員の出版社で、絶対採算の合わない純粋蒸留水のような純文学の本だけを出しつづけている奇特な奇人の一人。

この人がまた久世さんに匹敵する博覧強記の文学生字引である。どうやって、何を食べて生きているのかさっぱりわからない。まるで妖精のように不可思議な人物なのだ。俳句は中学時代から前衛派の句を作っていて、部厚い全句集が出版され、評価されている。

小林恭二さんは、「海燕」の文学賞を受賞された時、私も選者の一人だったというい い因縁の人であった。

徳島空港へ迎えに行った時、次々姿を見せる豪勢なその顔ぶれを見ただけで私は興奮してしまった。

久世さんは遅れて来られたので、その日の観光や吟行には間に合わなかった。俳句ははじめてという林真理子さんは、小林恭二さんの入門書『俳句という遊び』や鷹羽狩行さんの指導書を何冊も読んできていて、努力家の面目を発揮する。詩人の大家の白石かずこさんが、詩と俳句は根本的に作り方がちがうと、真剣に悩む風情が初々しくて可愛らしかった。

藍染の博物館で、女組三人が染め方を習い初めての藍染製作に熱中している所へ、久世さんが到着した。思いがけず若い美しい夫人同伴なので、たちまち座が和んだ。一時、週刊誌あたりで騒がれた再婚のお相手だが、もうお子さんも生れ、見るからに幸せそうな表情だった。その奥さんをいたわる久世さんの細やかな心のくばりようと、つとめてさりげなく振舞おうとする態度が、なかなか味わいがあった。

翌日は、眉山の麓の瑞巌寺でテレビ撮影の句会がある。真理子さんが初心者の

不安を訴える度、久世さんは調子を合せ、

「俺だって俳句なんて作ったことないよ、こんなこと初体験だ」

と真理子さんを力づけ慰めるようなことを言う。

さて蓋を開けて見ると、久世さんが最高得点であった。席題は梅と遍路。

唇赤き少年ゐたり梅の庭
み仏も薄なさけなり風光る

プロの小林さんと齋藤さんがこもごも絶讃する。久世さんは顔色も表情も変えず、平然と称讃を受けていた。才能の底の深い大物だと納得する。真理子さんも努力勉強の効はあって、

紅白《あかしろ》の阿吽の梅をくぐり抜け

という豊かな気に誘いこまれる句に点が集った。私はといえば、二日間主催者側の立場に立たされ、如何にして句座を和ませ、遠路の客を粗相なく送り出すかということだけで頭一杯で、作句どころでなかった。ようやく吟行の時の、

藍花を浮べて春の甕昏《かめくら》し

という一句だけしか点がもらえなかった。

わずか二日の句座の縁ながら、初対面の人たちと、すっかり旧知の仲のように親密になれるのが、句座の不思議さであった。

しかしそれぞれが忙しい人たちで、その後再会することもなく歳月が過ぎていく。ただこの縁を得て以後、この人たちとお互い自著の贈呈の習慣が続いている。

久世さんからの著者献本がたちまち書棚に豪勢に並びはじめた。どの本もしゃれた装幀が美しく、一冊としてないがしろに作られていなかった。著者名がなく

ても、装幀を一目見ると、久世さんの本だとわかった。

その本の中身も作者の熱い想いが、一行一字にこめられていて、それを持てば嵩の重さだけでない中身の重さ、つまり作品にこめられた作者の憧れと祈りの重さがずしりと、持った両の掌に応えて、腰がよろめくのだった。

流麗で淀みのない文章は、センテンスが長く、源氏物語のようにどこまでも切れ目がなく続きたがる。しかも源氏とちがって、難しくこの頃あまり見かけないような漢字がびっしり埋っているから、読む前に逃げだす輩もいるかもしれない。そんな者を無縁の衆と呼ぶ。久世さんの本は、無縁の衆をはじめに振り落すように書かれているのだ。好きな人だけ集ってよ、好きな人だけで読んでよ、久世さんは厚い下唇をちょっと突きだすように歪めて、含羞《はにか》んだ表情になって、間の悪そうな小声で囁く。

ところがいつの間にか、嫌いな者も来ていいよ、みんなおいでよ。と言っているようにもとれるやさしい哀しそうな表情になっている。

根が詩人の久世さんは小説や随筆のスタイルで、いつでも心の中にあふれる詩を書いているのだ。

日本の文壇とやらの文学賞の選者には詩に不感症な人物が多いので、久世さんは書いても書いても文学賞が貰えなかった。もちろんあれだけ書けば、二つや三つの賞は手に入ったが、久世さんの真実欲しい賞はいつでも久世さんの作品を素通りしていった。

出発が演劇畑だったから、観客あってこその演劇という、世阿弥以来の役者の立場を心得ている久世さんは、もの書きの立場に立っても読者へのサーヴィスを忘れる筈はなかった。私は自分が長い間、文学賞に素通りされていたので（今だってそうだが）久世さんの心の中の悔しさがよくわかった。今度こそはと勝手に期待して、外れると自分のことのように傷つき、腹を立てる。もちろん、久世さんにも他の人にも、その気ぶりは一度も見せたことがない。ではどの賞がほしいのかと訊かれたなら、迷わず、まず直木賞と答える。それは久世さんが欲しがっていることを感じていたからだ。ただしあの文体では直木賞は難しい。芥川賞がなぜ久世さんに届かないのか文学賞七不思議の一つだ。すでに谷崎賞や野間賞にふさわしい作品も久世さんは書いている。私が谷崎賞を貰ったのは七十歳だった。野間賞を貰ったのは七十九歳だった。芥川賞も、直木賞も貰っていない。だから久世さんの心の奥の奥にかくした憂悶が見えるのだ。

久世さんの書く物に惹かれる理由の一つは、久世さんの好んで書く世界が、私の過してきた大正、昭和戦前期のあのまだ詩に満ちた佳き時代だからだ。郷愁と憧れにうるんだ逝きし日の思い出を、なぜ一廻りも年下の久世さんが共有出来るのだろう。

そんな気持は自分ひとりの心の中にしまったまま、はがき一枚も出さないで、歳月が過ぎていく。

そしてある日、突然、私の記憶の中に生きている光の君とは、全く別人になった久世さんに逢った。

あるパーティで、私は人込みの向うに久世さんにどこか似た老人を見かけた。色が黒く、痩せて、顔に艶がなかった。目が窪み、頬から口もとにかけてげっそり肉が落ちているので、全く老人らしい顔付になっている。そのくせ群衆の中から、その顔は妙な存在感を持って、どうやら視線はこちらに向けられている。

「ね、あそこに久世さんにとてもよく似た人がいるでしょう。ほら、背が高いから顔が抜んでてわかるでしょう」

私は隣にいる秘書の玲子に囁いた。

「え？　ああ、わかりました。ほんと、よく似てますね。でもまさか久世さんじゃないでしょう」

「もしかして久世さんのお父さんかしら、あんまり似てるもの」

そんなことを囁いていると、その老人が人ごみを器用にかきわけて近づいてきた。何となく困った曖昧な表情を自分がしていることがわかる。老人はすいと寄ってきて、ワイングラスを持った片手を宙に泳がせ、表情を変えず私にいった。

「わからないんでしょう、誰だか」

その声はまさしく久世さんだった。私はあわてて、声を強めていった。

「わかってますよう……久世さんに決ってるでしょう」

「ふふ、さっきからわからなかったくせに」

久世さんはちょっと下り目の目尻に皺を寄せて面白そうにいった。そのことばが、妙に空気がぬけてふがふがしているように感じる。少し笑った時の久世さんの口腔が、はっとするほど昏かった。上下に歯がなく、歯ぐきばかりだった。歯の治療中かと訊くほどの親しさでもない。気のせいか、髪も前より薄くなっている。あくまで私の記憶の中に生きつづけている光の君の像に比較してのことだ。

場所柄、格別の話もせず別れた。

「お体お大事にね、あんまり無理しないで」

それだけは言わずにいられなかった。どこか体に病気を抱えているのではないかという不安が、時間が経つほど心の中によどんでくる。

なぜ、パーティのあと席を移して、もっと親身に体調を訊かなかったのだろうと悔まれて、いつまでも寝つけなかった。

それから間もなく、玲子が面白い話を仕入れてきた。

「あのね、久世さんの入れ歯ね、入れさせてくれないんですってよ。奥さんが、入れ歯を入れると、またいい男になって、女にもてるから、そのままにしておきなさいっておっしゃるんですって」

徳島で一度だけ逢った若い可愛らしい久世夫人を想い出し、私は笑い出していた。

「それに抵抗しないで従ってる久世さんの方がヘンですよね」

「御円満の証拠よ、急に老けたなんて散々心配して損しちゃった」

それから半年ほどして、思いがけないことに、久世さんが私の源氏物語の朗読会の演出を引き受けてくれることになった。銀座の博品館で、源氏物語を各界の女優、声優の一人舞台の朗読公演をはじめていた。出演者も、演出者も、すべて博品館側まかせで、私のタッチする点はなかった。

予想以上にその公演が当って、大女優さんから新人の人気女優さんまで、こぞって出たがってくれるほど定着していた。

その何度めかの演出を久世さんが引き受けてくれたのだった。はじめて、仕事相手として久世さんとつきあった。出演者たちは、大女優も新人も同じように久世さんの前では緊張していた。

相変らず歯はないままで頬はこけていたが、あのパーティの夜のようではなく、それなりに明るくいきいきしていた。仕事をしている久世さんは、男の誰もがそうであるように、自信に満ちて魅力的だった。

ただひとりで朗読するだけで、ほとんど動きのない舞台は単調で、見物を飽きさせる。朗読者の芸だけが勝負である。芸の力だけが素裸で観客の前にさらされる怖さがある。

その怖さの新鮮さが舞台ではすでに成功して名声と人気を手中にしている女優たちの好奇心をそそり、挑戦力をうながしているようであった。彼女たちは、舞台の衣裳も自前で、それも暗黙の競争になっているようだ。

久世さんが演出した時、出演者の中に李麗仙さんが新しく加っていた。久世さんは彼女にチマ・チョゴリで舞台に立つように要求した。朗読は「葵の巻」で、六条御息所と葵の上の有名な車争いや、御息所の生霊が葵の上を苦しめる劇的な場面であった。有馬稲子さんが毎回、すすんで演じて好評を博していた。いわば李さんは挑戦者として臨んだのである。

劇場側ははらはらしたが、久世さんは面白がって、六条御息所の李さんに、あえてチマ・チョゴリで舞台に立つよう演出した。李さんは自分もそうするつもりだったと、当日は真白のチマ・チョゴリを着て御息所になりすました。その上、久世さんは朗読の途中で韓国の恋歌を、韓国語で歌うように命じた。

その舞台は大成功だった。見物たちは、予想もしなかったこの舞台に、驚き、珍らしがり、李さんの歌と朗読の見事な出来栄えに、大拍手を送った。

客席の隅に立っていた久世さんは満足そうにうなずいていた。たまたま久世さんの気付かない場所で久世さんのそのひとり笑いを見てしまった。その瞬間、私の視線に気づいた久世さんは、恥しさと照れ臭さをまぎらすためか勢よく大股に近づいてきた。

「いいでしょう、李麗仙の歌、六条御息所の哀しさが出ている。李は存在感のある役者です。ありすぎて、一緒に出た主役をみんな食ってしまうので、仕事が減っちまうんです」

照れ臭さを匿すように、一気に喋る久世さんの昏い口腔を見上げていた。その時、久世さんの軀からふっと煙草の匂いが揺れてきた。もうすっかり思い出すこともなくなっていた昔の男たちの煙草の匂いと、火をつける瞬間の目を伏せた横顔がどこからともなく寄ってきた。どの男も煙草にマッチの火を移す瞬間はふと淋しい表情をしていた。

夜の小学校の広い運動場の片隅で、遊動円木に腰を下していた若い男は、その夜にかぎって、二本の煙草を揃えて口にくわえ、マッチの火を囲んだ自分の掌の中です速くつけた。

軽く眉根を寄せた憂い顔が火の色の中に浮び上り、束の間にかき消された。遠い月明りが、かえって闇を深めているようだった。残された二つの火の色が闇の中に宙により添っていた。

男はその一本を、つらなった他の一本からひきはがすようにして、さり気なく私の顔の前にさしだした。私はそれを当然のように受取り、何かの儀式のように、恭々しく男の真似をして唇にくわえた。生れてはじめてすった煙草にむせて咳きこむ私の背を、男の掌が笑いながら軽く叩いていた。私は稚い人妻で、男は酒も煙草もたしなまない夫の昔の教え子だった。

私の運命がその夜から大きく軌道を外していくことに二人とも気づいていなかった。一本の煙草の小さな火。

久世さんの「燐寸抄」という随筆を、新聞の文化欄で読んだのは、それから一年余りも過ぎていただろうか。

医者も呆れるくらいのヘビースモーカーを自認する久世さんは、ライターが嫌いで、今でも煙草はマッチでつけたがる。ところがこの節はマッチがめっきり姿を消してしまったので、出先でたまたまマッチを置いている店を見つけると、必ず持って帰る。それでもすぐなくなるという話を書いている。

例によって博学ぶりを発揮して、マッチがイギリスで発明されたのは十九世紀の中ごろで、日本に入ってきたのは明治のはじめだとか、日本はやがてスエーデンとアメリカと並んで世界三大マッチ生産国になったとか、マッチについての智識も披露しているが、この随筆の面白さは、

「煙草を咥えると、和服の女の白い手がスッと伸びて、マッチの火を寄せてくれることもなくなった。小さな焰が上がって、燐の匂いが辺りに漂うほんの数秒の間、袂の蔭から覗く、女の腕の内側の白さを盗み見るのが愉しみだった。マッチは、焰の命が短いところがいい。あの〈束の間〉が切なくていい。私にはツンと鼻を衝く燐の匂いさえ風情に思われる」

というふうな美しい文章で、さりげなくマッチとの想い出を聞かす久世さんの切ない想いの告白にある。

中学二年の頃、マッチ一本十円で、花柄の化繊のフレーヤースカートを捲って覗かせる女がいたけれど、あまりに短いマッチの焰明りでは、なにもわからなかったという話など、アンデルセンのマッチ売りの少女の憫れな話より、ほのぼのとなつかしいのだった。

その随筆が心にしみて以来、私は外出したり、旅に出たりする度、喫茶店や料理屋、またはホテルなどで、置きマッチを見る度に、「久世さんにあげよう」と、心につぶやいて、マッチを集めるようになっていた。

同席の誰かに、

「煙草もすわないのにマッチのコレクションですか」

と話しかけられても、

「ええ、気まぐれに」

と話を打ち切ってしまう。まとめて売ってくれる店もあれば、気前よく、たくさんくれる旅館もある。そして私の寂庵でも、特製のマッチが二種あった。私の描いた地蔵の絵を使って、見知らぬ印刷屋さんが小さなマッチ箱にして送ってくれていた。


誰にも告げず、マッチを集めだして十ヵ月ばかりが過ぎていた。私は、いつかこの袋一杯になったら、久世さんに贈りびっくりさせてあげようと貯めつづけていた。トートバッグ大の紙袋に、いつの間にか貯ったマッチが、口ぎわまで嵩ばってきた。

――もう限度ですよ。早く送って下さい――とマッチが呼びかけているような気がした。私がはじめてそれは久世さんのために集めたのだといい、郵送しよう

か、宅配にしようかと秘書の玲子に言ったら、

「まあ、そんなことも知らないんですか。マッチなんて発火するから危険物で送ったり出来ないんですよ」

と冷笑されてしまった。それでは、上京の時持って行こうと思いながら、上京の時は他の荷物が多くて、つい、つい、のびのびになっていた。

これを受け取ったら、久世さんはあの含羞んだ苦笑を浮べて、

「や、これはどうも」

とだけいうだろう。それでも外出する時は、何気なくこの中から一つ二つのマッチを掴みポケットに入れるだろう。煙草に火をつける時、たまには、

「寂聴さんは、ほんとによく旅をするんだなあ、旅先で野垂れ死するのも悪くないな――」

など、ちらっと思ってくれたりするのではないだろうか。そんなことをひとり考えている矢先、突然の訃報を聞いたのだった。

翌朝の新聞には、各社で大きく久世さんの死を報じていた。どの記事も好意的

で、久世光彦の肩書は、演出家で、作家だった。

「自分の死亡記事には、テレビの代表作と並んで小説の代表作も並ばないかな」と言っていたという。その念願は叶って、どの記事にも、小説や随筆集がれっきと並んでいた。

一通り新聞に目を通したあと、私はマッチの袋をさかさにして中身を、床にあけていた。

さまざまな型やデザインのマッチがたちまち畳半帖くらいを埋めて拡がった。日本全国北から南まで津々浦々の町や村で、手速く、ハンドバッグやボストンバッグに入れてきたマッチだった。

ヨーロッパやアメリカの都会や田舎町のマッチもあった。

どこに行っても、どこの場所でも、このマッチを集める瞬間は、私の心はまっ直ぐ久世さんに向けられていたという証しの品である。

そして久世さんは私がそんなことを企てていることを夢にも知らずに死んでいった。

前夜は愉しく新しく始まるテレビの打合せ会をして、遅く帰り、翌朝その死を家族に発見されたという死に方の羨ましさ、おそらく久世さん自身、自分が死につつあることも気づかず、あの世への白い虹のかけ橋を、うらうらと渡って行ったのではないだろうか。マッチの焔でつけた一本の煙草を咥えながら。

# 命日

携帯が行方不明になっていて、連絡不能となり、御心配かけたことと思います。いつものことながらベッドの下から出てきたので御安心下さい。

最近、とみに痴呆症が進み、片っ端から人の名前や物の名前が消えて行く速度がひどくなりつつあります。一日の五分の一の時間は、失くした物を探しているようです。お互さまの現症だとお察しします。あなたは昨年九十六歳になられました。あと三ヵ月で九十七歳です。四歳年下のぼくや文也だって九十歳をとうに越しているんです。いや、文也が逝ったのは、彼やぼくの六十四歳の一月二十七日でした。今日が命日です。何でも忘れるのに、この日をこんなにしっかり覚えているこど！　やはり、縊死という衝撃的な死方をされたショックが、只ならずきつかったのでしょう。ぼくたち仲間の中で、文也は口数が多くなく、躰つきも、きゃしゃな方で、事があれば、すっと身をひいて、面倒になりそうな問題からは、つとめて関わらない態度をとっていました。我々が中学に入る頃、たしか町でも旧い代々の古美術商だった家業を、商売下手な彼の父親がつぶしてしまって、生活がすっかり変ったせいか、のんびりした明るい性格も目に見えて変ってしまったように見えました。それまでも好きだった読書に益々熱中して、将来は劇作家になりたいなぞ、一番気を許していたぼくに、こっそり洩らすようになったのです。家族は分散して、親たちは上海に、彼は町で資産家との噂の高い弁護士の家にすみこみの書生にやとわれました。

子のない弁護士の妻が変った女で、トイレの中からペーパーをさし入れろなど命ずるそうで、苦労したようですが、負けず嫌いの彼は、そのぐちは親しいぼくにも具体的に話そうとはしませんでした。生れつき甘い表情の彼は、女学生に持てたようですが、男女七歳にして交わらずの旧い教育のぼく等の中学では、女学生との交際など、夢にも考えられなかったのです。道の向うから制服のセーラー服の女学生が歩いてくるのを見ただけで、胸はどきどきしているのに、何くわぬ顔を装い、本当は倒れそうなくらい上気しているのをかくして、すれちがう瞬間は互いに反対の方向に首を廻して通りすぎるのでした。そうしないと道の両側の家の中から、うるさいおばさんたちが目を光らせていて、「あの子と、あの子が目くばせしあった」など云いふらされるのでした。それでも勇気のある不良と自認する生徒は必ず何人かいて、どんな証拠をつかまれたのか、中には、退学させられる生徒も三年に一人くらいはいるのでした。ぼくには不良と呼ばれる彼等が内心、どんなに羨ましかったことか、体が大きいばかりで、気の至って小さなぼくは、柔道部で体力を消耗させることが精一杯の中学生でした。あなたが細井先生の奥さんとして、生れて半年の怜子ちゃんをつれて、この小さな古くさい町に来られたのは、たしか春のことでしたね。細井先生は、一年たてば、中国の北京の大学に教えに行く就職が決っていて、それまでの一年を故郷の中学で漢文の教師をするということでした。敗戦後の吾々には、英語は魅力があったものの、旧臭い漢文など人気がなく、これまでも声のかれた年寄りの先生に教えられていました。細井先生はいきいきしてすでに何度も行ってきたという北京の空の美しさや、中国の古代音楽史という研究目的の面白さなどを、解り易く話してくれ、時には中国の旧い笛や小さな琴などを持参してきて、演奏してくれ、生徒に歓声をあげさせました。

漢詩にクラス一興味があった文也は、いつでも教室の一番前の中央の席に、どんと坐って、先生の声を一言も聞きもらすまいと、全身を前のめりにしていました。細井先生は、日曜日にぼくたちを家に呼んでくれるようになりました。

そんな日、奥さんのあなたは、赤いジャンパースカートをはき、長い髪を女子大生のように編んで、大きなリボンなんかで結び、まるで学生みたいに若々しかったですね。料理は、先生がつくってくれるギョウザや冷めんがうまくて、ぼくたちは呆れるくらいたくさんいただきました。ぼくはその時はじめて、中国の本は、青い帙に入っていることを、先生の書棚に見て知りました。その頃、ぼくは胸にかくしもっていて文也にも言えない恋が胸一杯にあふれそうになっていました。相手は文也のいとこの美加ちゃんでした。小柄だけれど胸の厚いぷりぷりした躰つきが可愛らしく、まつ毛の濃い文也とそこがそっくりの大きな目をいつでもいっぱいに見開いて、何かにいどむようにはりつめています。美加ちゃんを不良だという女学生たちもいることを知っても、ぼくは美加ちゃんがより一層好きになる一方でした。ぼくの気持をとうに見ぬいていた美加ちゃんは、雨の日など、いきなり、どこかから飛び出してきて、ぼくの傘の中に入り、よろけるぼくを倒れないようにぎゅっと抱きしめたりするのです。ある夏の夜には、わざわざ電話で呼びだして、月光だけが頼りの海岸へゆくと、いきなり、着ていたコートを開くと、中は、何ひとつつけていない躰だけだったりするのでした。摑もうとすると、笑いながら逃げて、どこまでも追わせるのです。生真面目なぼくの度を忘れてあわてる様が見たいだけのいたずらかも知れず、ほとほと悩まされて、ぼくは夜も眠れなくなりました。様子のおかしくなったぼくに気がついた文也に問いつめられて、思いきってことの次第をうち明けてしまうと、ぼくは急に楽になって笑いだしました。文也も笑いながら、「美加は間もなく町の銀行員と結婚して東京へ行く」と話してくれました。ぼくの初恋はあっけなくこわれましたが、結婚してからも美加ちゃんは、思いだしたように電話をくれ、ぼくたちは仲のいい兄妹のように、現在もつきあいつづけているのです。

北京へ行ってしまった細井先生を、いや、その奥さんのあなたを追って、文也が北京へ行き、何があったのか、奥さんと二人で大連へ駈落したという噂が日本に伝った時、信じられなくて、ぼくは眠られぬ夜がつづきました。

美加ちゃんをあきらめさせる時、あんなに大人らしい口をきいた落着いた文也が、こんな破壊的なことをしでかすなど、信じられないのでした。ぼくは怖くて細井先生を見舞うなどとても出来ませんでした。

まだ言葉もろくに言えない怜子ちゃんを捨ててあなたが文也について出奔したなど、どうして信じられたことか。当然のことながら、あなたと文也の関係は続かず、あなたは独りになっていた。独りのあなたはいつの間にか小説家の看板をかかげ生きつづけている。私小説と呼ばれる小説で名をあげたあなたの小説には、文也らしい雰囲気の男がよくあらわれるが、それは若い文也を識っているぼくだけの感想なのかもしれません。文也とちがい、平凡な社会人になったぼくと小説家になったあなたがめぐりあったのは、博多のKホテルでした。深夜のホテルの地下のバーは終夜開いていました。客はぼく独りになったそのバーへ降りてきたのが、幽霊のように力のぬけきったあなたでしたね。売れっ子の小説家の華やかさなど全くなく、素顔の疲れきったあなたは、思わず、目をそむけたくなるような気の毒な有様でした。ぼくが席を立てば、自分以外の客が居たことに気づくだろうと、席を立つことも出来ず、ぼくは、ただ、ひっそりと坐っていました。たてつづけに生のブランデーを何杯か呑み、泥酔したあなたは、テーブルの小さな花びんを掌ではじきとばし、その一つがぼくの足もとまで飛んできました。花びんの割れる音にボーイが走ってきて、ぼくにあやまりました。さすがに少しは酔のさめたらしいあなたも、ぼくに頭をさげ、口の中でぶつぶつあやまっていました。ふと顔をあげて、じっと自分をみつめているぼくの視線に気づいたあなたは、何度もまばたきしてぼくを見直しました。

「お久しぶりです」というしかなくなり挨拶するぼくに気付いたあなたは、いきなり椅子を立ち、ぼくに飛びつくように抱きかかりました。あなたを倒すまいという気づかいだけで、ぼくはあなたを抱きしめ椅子に坐らせたのです。自分の腕や胸に残ったあなたの女体の柔かさと弱々しさに、ぼくは呆然として腕がしびれてしまいました。ボーイがあなたをかばって、席に坐らせ、目でぼくに、去ってもいいとうながしました。ぼくは正体もないあなたをつれて、深夜のホテルのぼくの部屋へ戻りました。何ひとつあなたは覚えていらっしゃらないでしょう。自分の部屋に独りでいるつもりらしく、あなたは素裸になり備えつけのパジャマに着かえ、悠々と、ぼくのベッドを占領して眠ったのです。翌朝、目覚めたあなたがどんなにあわてたか思いだされましたか。あの時、あなたは新年の連載原稿を送るため、旅先のホテルのファックスから原稿を送るように、一階の受つけに出かけたのでしたね。あの頃、まだホテルの部屋にファックスはなく、送れなかったのです。ほとんど徹夜つづきで素顔のあなたは髪も乱れきりでした。エレベーターを出て、真直玄関の奥のファックス送信場へ歩いてゆくあなたは、ホテルの一階のロビーにいる客など目にも入らない。一かたまりの客が、そこに集っていて、その人々は、文也の姉の葬式に集った人々だったのです。文也の姉は、われわれの故郷の四国の町から、九州に嫁いでいたのです。あなたと同じ女学校の二級上の生徒だった彼女は、文也とあなたの恋の只ひとりの味方でした。文也によく似たふっくらした顔つきの心根のやさしい人でした。何の病気だか忘れたけれど、余り長患いしないで亡くなったと覚えています。当時のあなたは、故郷のことなど想いだすこともなく、文也を忘れた以上にその姉のことなど忘れきっていたことでしょう。その集りの人々の中には当時の文也の妻の浪さんもいました。原稿を持って小走りに行くあなたの姿に最初に気づいたのは浪さんだと後で聞きました。隣りにいた浪さんから膝を叩かれ、あなたの存在を教えられた文也が腰を浮かせたのも用をすませたあなたは気付きもせず、癖になっていたらしい小走りで、もと来た床をエレベーターの中へ消えていったそうです。部屋へ帰って水を一杯呑むか呑まないかの時、ドアのベルが鳴り、文也の女のいとこたちが三人追って来ていたのでしたね。彼女たちが、今夜の集りのわけをいい、文也があなたを見かけて、ぜひお逢いしたいと、ここまで追っかけてきたから逢ってやってくれと言ったとか。あなたは「徹夜つづきでこんな顔してます。とても男の人なんかに逢える顔じゃないでしょ、悪いけどお引きあげ下さいって、お伝えになって！」

というなり、部屋の内からドアを閉めてしまったと……この話は、あなたの口から何度も聞かされています。あなたは酔うと、この時に魂が引きもどされるらしいのですね。もう何十年も経っているのに、まだ顔やスタイルが女って気になるものですか？　って訊いた時、あなたは笑いでふき出しながら「あら、今、ここに美加ちゃんが来たら、あなたそのまま逢える？　そんなに肥っちゃって、おなかもお尻も狸みたいに出て……」

など、ひどいこと言われましたね。自分の小説の中に、文也以外の、その後の男との情事をいくつも書いているあなたに、すべてが造りごととは言わせないリアリティが認められます。そちらが話す以外、こちらからは訊きださないあなたの他の情事に、ぼくはほとんど興味を示しませんでした。しかし浪さんとの結婚の時だけは、語りぐさになった盛大な披露宴に欠席したのでした。美加さんとふたりで、その夜は朝まで呑み明かしたものでした。酔って顔をくしゃくしゃ涙で濡らして泣く美加さんを見た時、鈍いぼくもようやく、美加さんの初恋の男が、文也だったと気づいたのです。神経の鋭敏な文也がそれに気付かない筈はなかったでしょう。それでもそんなそぶりは酔っても片言も口にしない文也でした。「頼りない危なっかしい女なんだ。頼む、長生きして守ってやってくれ」と何度言われたかしれません。文也が一度だけ、自分から進んで結婚して、入籍までした女がいました。たぶん、あなたも誰かに、いや文也自身の口から聞かれていることでしょう。「しのさん」という博多のバーで鳴らした美女とのことでした。小学生に上ったばかりの男の子がいたのに、その子づれで文也にくどき落され、結婚したのだとか。文也が有線放送の仕事をはじめた頃でした。

文也はこの結婚は得意だったようですが、一年もすぎると、しのさんは、文也が出張でタイに行っている留守に、荷物をまとめて、子供もつれ、東京に家出してしまいました。

「あなたは、真実やさしい方でした。でも共に暮してみてわかりました。あなたのやさしさは、ひとりの女に対してではなく、人間すべてに対する、いや、猫や犬にも対する大らかなものでした。お世話になりました。忘れて下さい」そんな書置があったそうです。それを文也の口から聞かされた時、ぼくは思わず笑ってしまいました。全くそうだと思ったからです。女は誰でもいつでも、自分ひとりを愛してくれる男を需めているのでしょう。

あなたが自分の文で、天下に公表していた不倫の相手、評論家の大田さんとの八年もつづいた仲を別れさせ、文也と一つ家に棲みはじめた時、二人の仲の只ならぬ因縁の深さに、ひとりため息をもらしたものでした。

見合結婚しておだやかな家庭を営んでいた美加さんは、なぜか時折突然想いだしたように電話をかけてきて、これという急用でもない話をだらだらとして、ぷっつり自分から電話を切る癖をつづけていました。電話がメールになっても、それはつづいていました。その度、ぼくは、もうすっかり逢わなくなり、声も聞かなくなった文也を想い出していました。どういう工面をしたのか、有線放送の仕事を続けていた文也が東京で放送のスタジオを設け、盛大にやっていると噂を聞き、妙な不安に包まれたのを忘れません。困っているとか、病気しているとか聞く方が安心するような雰囲気が抜けないのが、文也の本質だと感じていたのは、ぼくひとりだったのでしょうか。彼は調子のいい時は、まるで恥じているように、ぼくから遠ざかる癖がありました。美加さんは結婚した相手が車の事故死をして、またひとりになり、男の生家のある信州の山の家で暮しています。突然、電話がかかると、「ほら、ほら聞いて……聞えるでしょ、今、ほととぎすが鳴いてる……」など言ってくるのでした。独り酒で酔った時などは、「そんな生ぬるい幸せにだまされないで、本気の恋をあたしとやり直さない？」など、云うこともあります。やり直すにも、まだ一度も恋を語ったこともないのに……そんな電話がある度、ああ、生きていると心につぶやき、どこにいるかわからない文也に話しかけたくなるのでした。

年賀状も暑中見舞もよこしたことのない文也が、ハガキで「もうダメだ！　肺ガンと莫大な借金で生きていけない。長年ありがとう、美加をよろしく」と書いてきた時、なぜ、何年も連絡したことのないあなたのところに電話したのでしょう。「文也が死にます」と叫ぶようにいったぼくの声にあなたの落ついた声が答えました。「もう死んでるわ……昨夜、夜なかに何度も電話がきて、私が出ると切れました。最期に、もしかして文也？　と訊いたら、それっきりかからなくなった」あなたの声が不気味なほど落ついているので、小説の話でも聞いているようでした。文也はあなたに電話をした直後、首を吊って自死したのでした。放送のスタジオの仕事が行きづまり、十七になった娘と、まだ色気の残っている妻君を借金のかたにとられまいとして、首を吊ったということでした。自分の命と引きかえに入る金で、何とか二人を救うことが出来たとか。あなたへの電話のあと、ぼくに電話がきて、明るい声で「美加をよろしくな」と言ったのが最期の声でした。あなたの書かれたものを、どんな短いエッセイでも必ず需めて、彼の仕事場に送りつづけてきたことに、礼など一度も言われたことはないものの、一度もそれを止めてほしいと言われたこともありません。もの書きになりたい自分の夢を、あなたが果してくれたことを心の底では喜んでいたのでしょうか。それとも恥じていたのでしょうか。

今日は一月二十七日、文也の命日です。同じ日に生れたぼくは九十二歳の死損ないになっています。眠っているうちに死んでほしいと願っているのに、毎朝、いつものように眼がさめてがっくりしています。ぼくらより四歳年長のあなたの朝の目ざめの味気なさはお察しするに充分です。あなたはごらんにならなかったけれど、彼の死顔は美加さんとふたりでしっかり拝みました。「ああ、何てきれい……」まわりの人々が首をあげるほど、美加さんが大きな声をあげました。彼の死顔はほんとにきれいでした。何ひとつこの世で成功させられなかった男の口惜しさなど、どこにも見えませんでした。死に方など、何でもいいのかと、ちらと頭をかすめました。あなたが五十一歳で突然出家された時、文也は、「ああ、これでいつでも死ねる」と、のどかな表情を見せました。

あの世では魂は歳をとらないのでしょうか。もしそうなら、文也は死んだ六十四歳の男のままなのでしょうか。あなたもぼくも九十をとうに越してしまい、文也は果して吾々がわかるのでしょうか。

今日も寒い日です。あの日も小雪が降っていました。あの世へゆけば、自分の死んだ日など思いださないものでしょうか。今更、あの世で文也に逢いたいとは思いません。人の記憶はすべてこの世でのいざこざの中にこめられているのだと思います。美加さんは、夫も兄弟もみんな死んでしまい、娘はアメリカに嫁に行き、独りで信州に棲んでいます。知人も縁者もいない土地で暮していますとの電話が、今はメールになりましたが、唯一過去とのつながりだと笑っています。どちらが先に死んでも葬式には出ない約束をしています。彼女は杖をついた姿など、故郷の誰にも見せたくないというし、ぼくは、車椅子からころがり落ち、只今は寝たっきりになっています。あなたさまも、せいぜい足許に御注意下さい。全く思いがけず、文也の命日にこんな長い想い出が語られたことを嬉しく思います。せいぜい御自愛の程を。

# その日まで

「今度は、もっと長く来るつもりで」

と、秀樹はベッドから、帰る身支度のできた志奈の背にむけて言った。先月、見舞った帰り際だった。

「長くって？」

おうむ返しに、つい、口に出たことばを、しまった、という気持と一緒に、あわてて呑み込んだ。

「一週間か、十日くらい」

秀樹は、天井を見つめながら言った。

「はい、では、そうします」

元気な声で返しながら、志奈は心をこめて秀樹の頬に軽く唇を寄せた。

秀樹が突然、病に倒れてから、もう五ヵ月が過ぎていた。日頃、健康そのもので、およそ入院などしたことのない秀樹にしては、珍しい病状だった。

秀樹の両親や、兄や姉たちは、病名を聞かされているだろうが、みんな口が堅く、誰もそれをもらす者はなかった。

脳のガンらしいと、誰言うとなく噂が立っていたが、真相は誰も知らないようだった。

悪妻を自称する沙智子はけなげに気を張って、つとめて明るく振舞っていた。

二人の間に産れた晴也は、まだ言葉も喋れない一歳の誕生日前だった。生れつき明るい愛想のいい性質は、母親似だと誰もが信じていた。

沙智子は生後四ヵ月から、近所の保育園に晴也を預け、自分は結婚前から勤めていた銀行に勤めつづけていた。

朝、出勤前に保育園のバスが迎えに来てくれ、晴也を預けると、自分と秀樹は揃って出社する。手順よく、それらをてきぱき片づけてゆく能力は、秀樹の家族たちの誰からも認められていた。

血のつながった家族でもないのに、まるで生れつきの家族の一員のように、この木下家にとけこんで、自由に家に出入りしているのが、志奈だった。

「私はこの家の女《おんな》寅さんよ」

と、冗談らしく話すと、映画の人気者の寅さんのように、面白おかしく、ふざけてみせたりするが、勤め先の出版社では、有能な編集者として調法されているようだった。

結婚後、婚家で暮すようになって、半年程経ったある晩、寝床の中で、沙智子は夫の首に、す速く手拭いを巻きつけ、その両端を握って夫の躰に馬乗りになって、言った。

「さあ、さあ、とっとと、白状しろ！　お前と志奈の関係のいつわらざる真実を！」

ふざけた声で言いながら、首の手拭いを徐々に締めあげるので、秀樹は得意のプロレスの術で、たちまち妻の躰を組みしいてしまった。

「何を寝ぼけてるんだよ！　まだ月も出てない宵の内だぞ、ボケるのは、おふくろ一人で充分だ。志奈さんと俺は、いくつ年の差がある？　母子と言って丁度いいくらいだ。いくら俺が女好きだからって、まさか、母親みたいな志奈さんに手をだすものか！」

「あなたはそうかもしれないけれど、あちらさんは、今だってあなたにべったりよ、お父さまが寝こまれてからは、お見舞いだと言っては、度々見えるようになったけれど、目的はあなたよ、あわよくば、あなたに逢えるかしらと思って……」

「あきれたよ、お前さんがそんなくだらない焼きもち焼きだとは今の今まで知らなかった。ああ、いいとも、別れたって！　晴也はつれていけ、くれてやる」

「まあ、ひどい！　罪のない晴也まで！」

泣きながらしがみつく妻のネグリジェを引きはぐと、狂乱したふりをする妻の、真実の要求に、秀樹はゆっくりと応えてやりはじめた。

夫に充分満された沙智子の、安らぎきった寝息を耳にしながら、妙に高ぶった呼吸が収まらない秀樹は、そっと沙智子に背を向けると、枕元の煙草に手をのばした。

ライターの音が、沙智子の眠りを覚まさないように両手の掌で、ライターを囲みながら、こんな時、すっと腕をのばして火をかばってくれるしなやかな志奈のしぐさを想い浮べていた。妻の沙智子に怪しまれるまでもなく、肉親でもない志奈と自分の、親しすぎる関係を、認めないわけにはゆかない。

志奈は、秀樹が産れる以前から、この家に出入りしていて、他家より多い姉妹の中にまじって、誰もが、わが家の姉妹の一人のように扱っていた。親同士のつきあいも親しかったので、両家は親類以上に親密になっていた。ひとりっ子の志奈は、家族の多い秀樹の家の賑やかさが、大好きだった。

秀樹の産れた時は、その日のうちに、赤ん坊の秀樹に逢っていた。

「ほうら、まぎれもなく、男の子よ。立派なオチンチンがついてるでしょ」

産婦の姉が、息をのんでいる子供たちの目の前に、赤ん坊のそれを、つきだすように見せると、女の子ばかりの子供たちは、揃って、まじまじと、それを見つめて声も出せなかった。それは想いの外に大きくて、汚らしくて、女の子たちはそろって息をのんでいた。

そのことを口にだしたかったが、何となく、云ってはならないことのように思われて、誰も黙って見つめるばかりだった。

産婦の姉が、呆れて子供たちを部屋の外へ追い出した。

子供たちが大きくなった時、秀樹はその時の話を、姉たちからよく聞かされたが、姉たちより話上手の志奈から聞くのが、一番心にしみた。自分がこの世に産れた時、すでにそこにいて、赤ん坊の自分を誰より早く認めてくれたのかと思うだけで、志奈が何やら頼もしくなるのだった。

もの心ついた頃には、秀樹は肉親の誰よりも、志奈になついて、志奈のあとばかり追っていた。

志奈も秀樹に応えて、秀樹を可愛がり、自分の血を分けた弟のように扱っていた。

秀樹は口が利けるようになると、志奈のことを「しん奈ちゃん」と呼ぶようになっていた。しん奈ちゃんが、いつの間にか「しいちゃん」になって、誰もがそれを当然のように認めていた。

秀樹は明けても暮れても「しいちゃん」なしではいられなかった。母親は自分以外の姉妹と分けあわなければならないけれど、「しいちゃん」は自分ひとりのものだった。

「しいちゃん」の胸に、母の胸と同じように、巨きな乳房が二つあることが、秀樹には何よりの喜びだった。最初、志奈は自分の乳房に小さな秀樹の指がさわった時、くすぐったさに、黄色い声をあげたが、尚も追ってくる小さな秀樹の掌と指を感じると、その動きを手伝うようにして、秀樹の望みをかなえてやった。

――わたしの乳房は、秀ちゃんがどの男よりも早く愛撫したのよ――

ことばのわからないのをいい都合にして、志奈は、秀樹の小さな掌に乳房をなぶられる時の快感をこっそり口にしていたりした。

考えてみれば、最初に自分の肌を許した男は、秀樹だった――と口の中でつぶやいた時、志奈はおかしさと恥しさで、ひとり身を震わせていた。

そんなことは、何ひとつ幼い秀樹に伝えることはなかった。それなのに、志奈は、自分の心の底に起るすべてのことは、秀樹に伝っているような想いが、いつの頃からともなく胸の奥に産れていた。

初出誌「群像」

「見るな」二〇二〇年一月号
「ぜんとるまん」二〇〇〇年一月号
「麋角解」二〇一八年一月号（『掌篇歳時記　春夏』二〇一九年四月刊所収）
「燐寸抄」二〇〇六年一〇月号
「命日」二〇一九年一月号
「その日まで」二〇二一年一〇月号

瀬戸内寂聴（せとうち・じゃくちょう）

一九二二年、徳島県生まれ。東京女子大学卒。一九五七年「女子大生・曲愛玲」で新潮社同人雑誌賞、一九六一年『田村俊子』で田村俊子賞、一九六三年『夏の終り』で女流文学賞を受賞。一九七三年に平泉・中尊寺で得度、法名・寂聴となる（旧名・晴美）。一九九二年『花に問え』で谷崎潤一郎賞、一九九六年『白道』で芸術選奨文部大臣賞、二〇〇一年『場所』で野間文芸賞、二〇一一年『風景』で泉鏡花文学賞、二〇一八年、句集『ひとり』で星野立子賞を受賞。一九九八年『源氏物語』現代語訳（全十巻）を完訳。二〇〇六年、文化勲章受章。他の著書に『死に支度』『いのち』『その日まで』『あこがれ』『ふしだら・さくら』『瀬戸内寂聴全集』（第一期二十巻、第二期五巻）など多数。二〇二一年十一月九日、九十九歳で逝去。

# 命日《めいにち》　六《むっ》つの愛《あい》の物語《ものがたり》

二〇二四年六月二五日　第一刷発行

著者　瀬《せ》戸《と》内《うち》寂聴《じゃくちょう》



発行者　森田浩章
発行所　株式会社　講談社
東京都文京区音羽二-一二-二一　〒一一二-八〇〇一
電話　出版　〇三-五三九五-三五〇四
販売　〇三-五三九五-五八一七
業務　〇三-五三九五-三六一五
印刷所　TOPPAN株式会社
製本所　株式会社若林製本工場



ISBN978-4-06-535809-2

瀬戸内寂聴の本

（講談社文庫）

『その日まで』

「結局、人は、人を愛するために、愛されるために、この世に送りだされたのだ。充分、いいや、十二分に私はこの世を生き通してきた。」九十九歳、作家人生の終着点。最後の自伝的長篇エッセイ。

『いのち』

「生れ変っても、私は小説家でありたい。それも女の。」小説一筋に生き通したわが生と、忘れえぬ人々の記憶——。大病を乗り越え、命の火を燃やして書き上げた、最後の長篇小説。